秘婚

佐々木国広

鳥影社

目次

ラビリンス

改札口から城下町の興津へ一歩足を踏み出そうとした時、旅情を味わえるのは、なぜか勿体《もったい》ないような気がした。夕泥《なず》む頃合、辺りに人通りも疎《まば》らで、淡い眩暈《めまい》に見舞われた。

列車に乗って遠出をしようとしたのは、何か麗しく光り輝くものを探しだして、しつこい鬱屈を溶かしたいがためだった。行く当てもないとはいえ、路地巡りは心浮き立つはずなのに、飲酒には早すぎると、ひとまず遠川の畔《ほとり》に出ることにした。鮎釣りの好期は過ぎていて、河畔から高屋城を望みたかった。漠然と想い浮かべる風景はテレビの旅番組で観たためか既視感があった。

四辻の角に観光案内所を見つけ、観音開きの扉を開けようとして、一眼レフカメラを収めた、ラムスキンのショルダーバッグをぶちつけてしまった。カウンター越しにマスクをつけた中年女がつと顔を上げ、

——どうぞこれを……。

いきなりパンフレットを手渡され面食らった。興津のイラスト入り観光パンフレットなので、ともかく礼を言い表に出た。と、川の方へ郵便車が向かっているところで、どうして

今時分にと訝《いぶか》っていたところ、正面から喪服姿の四、五人が近づいてきた。縁起でもないと、念仏を唱えて反対側の道路に避《よ》け、地図を辿りながら先を急いだ。

川堤に秋桜《コスモス》の群れが揺れていた。太陽は山の端《は》に沈みかけていて、城跡の方を振り返れば、崖の上に天守の白壁が夕空に映えている。落日に染められ、刷毛《はけ》で刷いたような彩雲の変幻模様はバルビゾン派の風景画を想わせた。

丸石だらけの河原に新聞紙を敷き、観光パンフレットを広げた。駅と遠川支流の間に「秋水堂」という店を見つけた。秋水といえば刀剣のことだから、てっきり刀鍛冶の店だろうと踏んだ。後で訪ねてみるつもりで、対岸を眺めやると、鮠《はや》の釣り人がたった一人瀬に立ち、シルエットと化して竿を操っていた。或る時期、もの狂いの類で鮠釣りに凝ったことがあり、かつての自分の幻影めいてきてカメラを向けた。あの男はこの時刻など釣れないのを承知で、竿を振っているだけなのだと思った。

どこからか野鳥の鳴き声が瀬音に混《ま》じった。白鷺かと頭を巡らせたものの姿は認められず、もう一度城を仰いで数枚写真を撮《と》った。遠山を背景に、入日が川面に照り映える情景、画家の身ならばものにせんとばかり、時の移ろいを惜しみつつ瀬の煌《きら》めく様《さま》に酔った。微かに川風を頬に感じた。

「秋水堂」を探さねばと街中に戻った。麗しく光り輝くものといえば、宝玉か名刀ではないか。若い頃、オパールに凝った記憶がある。百貨店の美術部に刀剣を観《み》に行ったことがある。中心街といっても、ほとんどシャッターを下ろした商店街に通行人も疎《まば》らで、呉服屋、豆腐屋、川魚屋、本屋、提灯屋の看板を読んでいくうちに灯が点った。自分の足音、レザーのトレッキングシューズの靴音がいやに響く。気にしだすと余計に高鳴ってくるばかりか、誰かに追われているような気配がしてならない。とある橋に出くわし、訳もなく川底を覗き込んだ。後を追うのは何者かと振り払うように足を早めた。橋を渡りきり、足がだるくて町はずれの村社の石段に腰かけてしまった。

数年前まで段原市役所の市民税課で勤めてきて、既に一人娘は家を離れ、定年間際に妻を大腸癌で亡くした。彼女の愛玩していたペキニーズは殊のほか寂しがり、ストレスのためか鳴き暮らして後を追った。友人と言える人は遠く近所づきあいもなく、自分は自宅に閉じこもりがちとなり、食欲が減じて嘔吐や頭痛、果ては不眠で精神安定剤に頼る有様だった。ほぼ閉ざされたマンション暮らしの非人間性が殊更、骨身に応《こた》えた。人情恋しさから、しきりに都会から脱出したくなり、田園へという声ならぬ声に急《せ》かれるようになった。

自分は重罪を犯したことのない、すこぶる真面目な小市民だ。なるほど子供の時分に、母親の財布から小銭をくすねたことから、中年になって人妻に手を出したことまで、幾つか軽罪を犯したことがある。だが、おしなべて小心さの故に妥協、惰性の道を歩んできた。やはり根底に怯懦《きょうだ》が潜んでいるのかもしれない。晩年は田舎で暮らすべきという想い、これは逃避ではなく、前向きな展開と呼ぶべき回生策ではないか。或る時、興津へ行きたいとのやみがたい衝動にとらわれただけでも病体から回復しつつある兆しではないかと。病状は行きつ戻りつし、結局、医師から入院を勧められたのである。

薄暗い城下町をさまよい歩くことに、或る充溢感があった。誰かしら怪しげな影がつきまとうなら巻いてやろうとする気構えもあった。足音を過度に意識すること自体、病んでいる証《あかし》なのだろう。一筋目、二筋目、路地から路地へ、時には暗い街灯に弁柄《べんがら》柱が浮かぶ。あちこちふらついているうち、まだ明かりのついた店が前方に現れた。あれは飲み屋か、赤提灯ではなくそれらしくないがと近づいてみると、お目当ての「秋水堂」だった。飾り窓に包丁や鋏、鎌の類が並べられ、店の奥のガラス戸の中には大小二振りの刀が刀掛けに飾られていた。思わずそれに引き込まれて扉に手を触れた。右奥に店主らしき着物姿の男が何やら一心に研ぎものをしている。

——すみませんが、あの刀を拝見させてくれませんか？

店主はこちらを一瞥《いちべつ》して立ち上がり、手桶で両手を洗ってから、

――あれは売物じゃないんですよ。

――いえ、ちょっと刃を見せて頂くだけでいいんです。

髪を後ろに束ねた店主は、笑みを浮かべてガラス戸を開け、大刀を取り出した。

――うちの先祖が刀鍛冶だったもんで……今はご覧の通り刃物屋なんです。

彼はそう言って、気安く鯉口《こいぐち》を切り手渡してくれた。白刃を両手で恭しく受け取り、電光にかざして反り身の妖しい煌めきを愛《め》で、次いで刃文にじっくりと視線を這わせた。

――これは……。

――丁子乱《ちょうじみだ》れです。備前伝の……。

――ほう、いいですねぇ、華やかな感じが……。

――何か刀、お持ちなんですか？

――いえ、鑑賞するのが好きなだけなんですけどね。こんなの心底惚《ほ》れ惚《ぼ》れしますよ。ところで、銘は？

――正秀。戦国時代から、ここの殿様のお抱え刀鍛冶だったんです。

柄を握りなおし、龍の鍔《つば》から刃文、刃先、黒漆に螺鈿《らでん》の鞘《さや》まで眼近く舐《な》めるようにして、

――見事なもんです。神霊、まさに神宿る、ですな。

名刀こそ麗しく光り輝くもの、更に冷《ひや》やかで厳しい凄味《すごみ》が加わる。自分は予期せぬ眼福に

浸ることができ、昂揚感に乗じて、紙切り用の鋏を購入してしまった。そこにも「正秀」と刻まれていた。

怪しい影を引きずったままでもいい、微醺《びくん》を帯び闇の城下町をあてどもなくさまよいたかった。迷えば迷え、酔えば酔えの心意気になっていた。それにしても静かだ。刀身を眼底に焼き付けたからだろう、もやもやした気分が鎮まってきた。この静謐《せいひつ》さこそ望んでいたことではなかったか。都会の猥雑《わいざつ》とが喧騒《けんそう》ではなく、静けさの心地よさや安らぎに浸りたかったのでは……。

石畳の道に入ったのか、遠くでカラン、コロンと下駄の音がする。そいつを振り払おうと足を早めた。するとたちまち追いかけてくる。T字路、カギ型路など闇雲に曲がりくねり、何度も巻いてやろうとしたけれども駄目だった。誰かの足音だなんて、自分の背負った鬱屈虫の悪戯《わるさ》ではなかろうか。家の灯は幾つも眼前に膨らんだり消えたりした。元来た橋に近づいてきたらしい。丁度、橋に差し掛かった中年男にどこか手頃な飲み屋はと聞こうとしたが、なんだか目鼻のない顔に見えて怯《ひる》んでしまった。

ええい、ままよと寺院の前から路地に折れると、にわかに蟋蟀《こおろぎ》の鳴き声が湧き立ってきた。それにベートーベンの「月光」ソナタが重なってきて消えた。妻と初めて音楽会に行った折の曲目だった。月を探すが見えない。覚えず「ちちろなぜなく、恋しいか」などと口から出まかせに呟《つぶや》いてみる。ずんずん進むと、高塀に銀杏の巨樹が闇を突き、神社の幟《のぼり》がゆらゆらしていたり、不意に子供の泣き声が聞こえたりする。家並みが尽きて、急に寺の甍《いらか》が迫《せ》りあがる。後ろから下駄の音がと振り向いてみたが誰もいない。近くで小鈴が鳴った。風鈴かと耳をすませばはたりと止んだ。

ともかく酒に酔いたかった。右左と枝道を探るうち、行く手にぽっと赤提灯が浮かび、やれ嬉しやとばかり歩を速めた。軒下の行灯《あんどん》に「つたや」と店名が鮮やかだ。胸のどこかにほのかな灯りが点る。何はともあれと木戸を開けた。室内は一面煤《すす》け色で、コの字型のカウンターに、濃紺の作務衣を着た白髪混じりの男が女将《おかみ》と喋り散らしながら、ぐい飲みを傾けていた。一人分隔てた椅子に腰かけて、割烹着《かっぽうぎ》の女将にひょいと頭を下げた。

――いらっしゃいませ。

――銚子一本、人肌で。

お絞りで顔と手を拭い、二、三度深呼吸していた。女将は頬を緩めて、温酒器に銚子を浸した。男はこちらを一瞥してから、

――おっと、こっちにもだ。

と、ぐい飲みを持ち上げ小指が跳ね上がった。この男は見かけによらず繊細なのかもしれ

ないと、余所者《よそもの》の憚《はばか》りで男の饒舌《じょうぜつ》ぶりにそれとなく耳を傾けた。女将は聞き上手とみえて、男が次々と話題を持ち掛けてくるのをさりげなく受け流している。自民党がどうのこうの、わしは一人一党だと冗談を飛ばすかと思えば、ビートルズに北島三郎、美空ひばり、イチローの名も飛び出してくる。更に微酔に煽られてか、夏の盆踊りで囃子《はやし》方を務めたこと、義姉は案外、踊り上手だとか、果ては女房に逃げられ、一人息子は事故で死んだから跡取りをどうしようかなど、あけすけに家庭事情にまで及んだ。

地酒のアテは地元産の大鮎の塩焼き、日本海でとれたという鯖の生《き》ずしに菊膾《きくなます》、ざざむしの佃煮など珍味に舌鼓、銚子二本から三本に手が伸びたところで、男はこちらがおし黙っているのが気になったのか、

――旅のお方かな？

と、声をかけてきた。軽く頷いて、猪口《ちょく》を持ち上げた。お愛想のつもりで銚子を差し向けると、心得たとばかりぐい飲みを受けてくれて話の糸口が摑めた。この町へは夕方に着いたので城址も湧き水の名所へもまだ行っていない、無性に飲みたくなって、迷いつつやっとここに辿り着いたのだとこぼすと、男は「よかったら案内してやる」とか気さくに返してきた。女将が燗酒入りの銚子に布巾を添えて「ヘイさん、お待ち」と渡したので、男の名前は平三か平蔵か平吉なのだろう。

平さんは酔うほどに口が滑らかになり、問わず語りに自分は瓦屋稼業で趣味は川釣り、家族は戦争で血塗られている、父は北支で兄は南方で戦死し、母は焼夷弾で焼かれたと無念そうに喋りちらした。

彼はひとしきり身の上話をして気も済んだのか改まった口調になって、

——失礼ながら、どっか屈託《くったく》顔のようやが、盆踊りは済んだし、この町へ来なすったのはどんなおつもりで？

「屈託」という言葉に苦笑してしまった。

——まあ、城下町の雰囲気が好きなもんでね、しっとり感ちゅうんですか、こんな町をのんびり歩いていると住みたくなりますなぁ。歴史の重みですかねぇ。

——ああ、ここはええ所よ。楽天地やな。本気なら役場で聞いてみられたらええ。どこぞの空家を紹介してくれるかもしれんで。

——釣りなら、私も以前によく川へ通いましたよ、鮠釣りでして。

——ほう、そうか、鮠とはな、そりゃ話が合う。ここは土地柄やで、鮠釣り鮎釣りは盛んでな。

この町はまだ自分の足で見尽くしてはいない。いつもの旅のように、路地裏をほっつき歩いて堪能するつもりだったのに、早や居酒屋にしけこんで時間を無駄にしているような気がしないでもない。ところが、この男は見所を案内してやるとまで言ってくれたのはありがたいが、田舎人の好意に素直に甘えてよいものやら迷った。

男客が入って来て、こちら向きになった平さんの額はてらてらと脂《あぶら》ぎっていて、左眉に傷跡がある。ひとたび機嫌を損ねたら怖いタイプなのかもしれない。

——お城が好きと見えるの。この高屋城はご存知《ぞんじ》かもしれんが、築城工事がうまく進まなんだそうや。お殿様はな、一計を案じて町一番の別嬪《べっぴん》さんを生贄に城垣の下に埋めたちゅう伝承が残っておる。真偽のほどは分からんが、堅固な城でな、まあある話やで、フッ。

それから、江戸時代にこの城下で、三角関係の縺《もつ》れから仇討ち事件が起きたという。平さんの談話を連ねていくと、まるで死神に取りつかれたような内容ばかりで、話題を転じようと過疎化はどの程度進んでいるのか、鮠の釣果はどれぐらいで、釣り方は浮かせか浮子《うき》なのか、鉤《はり》は何号で、餌は川虫かなど、経験者ならではの質問攻めにしてしまった。

その合間に彼は男客の方へ視線を遣ったり、女将と冗談口をたたいて低く笑ってみせたりした。

——奥さんと一緒に来なかったの、お一人で?

——ええ、数年前に病気で亡くしたもんで……。

——あ、そいつは悪いこと聞いちまったな、ごめんよ。

瞬間、かつて台所で発病を打ち明けた妻の涙が、次いで娘が料理の修業にミラノへ旅立つ空港で見せた涙がフラッシュバックした。

――ほいでも、一人で田舎暮らしは厳しいかもな。なんぞ楽しみごとがないことにゃ。

――そうですな、川釣りぐらいなら……。

――それもバカ長で川中に立ち込まにゃならんでな、年とってよ、足腰がいうことをきかなんだら辛いぜ。見たとこ酒もいける口やから達者なんやろけど。酒は百薬ぞ。

――過ぎれば百害……。

――百害か、ううん……。

と呻《うめ》いたきり口を閉じた。もしかして酒害と離婚が絡んでいるのかもしれないと勘繰った。何となく気まずくなり、慌てて焼き茄子と蒟蒻《こんにゃく》の田楽《でんがく》、衣被《きぬかつぎ》を追加した。

その時、若い男女が四、五人入ってきた。にわかに座が賑わしくなり、女将が奇声を発した。どうやら誕生日云々とかケーキを贈られたらしい。

――わしも歳やで、釣りも辛うなってきてな。

――でも、お宅なんかそれだけ飲めるんですから元気な方でしょ。

ここぞと彼に銚子一本差し入れた。

――すまんの。わしが飲めんようになったらお迎えも近いで。いやな、近頃歯にも眼にもきよった。案の定、あそこもな、フフッ。

彼は含み笑いを漏らしては女将と眼を合わせ、顎のあたりをひと撫でした。

——お互い様でして……。

対話が途切れてしまい、この平さんも七十前後か、淋しい男の口なのだと分かった。これまでの人生で近しい者の少なからぬ死に遭遇し、ましてや跡取りの息子も亡くしたというのだから無理もない。釣りや酒で紛らしているのだろう、どっちもどっちなのだ。お互い行きずりの頼りない糸に縋《すが》っている、酒を介して古傷を舐め合っているようなものだった。


ほろ酔い機嫌となった二人が「つたや」を出るなり、平さんは酔い覚ましに湧き水を飲みに行こうと誘ってくれた。彼は痛飲したはずなのに意外としっかりした足取りで「津軽海峡冬景色」の一節を口ずさみ、暗い路地をずんずんと進む。下弦の月が追いかけてくる。小溝や井戸跡の傍らを通り、路上に落ちた凌霄《のうぜん》の残花を踏みしだいて、葦簀《よしず》張りの小屋をよぎった。

先刻の幻聴じみた足音はいつのまにか消え失せ、代わりに平さんの雪駄《せった》の音がいやに耳に就《つ》く。どこをどう歩いたものやら黒板塀が続き、平さんはいきなり指差して「この辺が侍町よ」と大声を上げた。石段を五、六段降りた所に、長方形に囲われた噴井《ふきい》が裸電球の灯りに浮かび上がった。彼はアルミの柄杓《ひしゃく》で湧き水をがぶがぶと飲み、こちらへも飲めと勧める。二杯立て続けに呷《あお》ると喉越しが快く、胃のあたりが冷んやりと重くなった。

そこから小路を何度か曲がりくねって、町人町跡なのか、やや下り坂となり川の畔に出た。本流ではなく、最初に橋の欄干から川面を覗き込んだ支流の上流部に当たるのだろう。

彼岸花の群がり咲く川べりのベンチに二人して腰を掛けた。彼はしきりに彼岸花を折り取って川へ投げては指先を嗅いだ。

――お前さんはようふらりと旅に出るんか、風来坊みたいに？

――若い時分から旅好きでしたけど、そう頻繁というわけではないですよ。だけど、役所辞《や》めてからちょっと多くなったかな、女房がいなくなってから余計に……。

――わしもひとりもんでな、お前さんが羨ましい。というても、余所《よそ》の土地へ行く気になれんな。気ままに釣りして「つたや」で飲んでりゃ極楽よ。

と言うなり、ゲフッと噯《おくび》が出た。

――今時、贅沢な話ですよ。悠々自適じゃないですか。

――まあ、そういやそうやろな。ところで、行きそびれた所はどこや言うとったな。このまじゃ様《さま》になるまい。

――ああ、城ですよ、ここのお城……。

——あ、そうやったな。これも何かの御縁、人生は合縁奇縁《あいえんきえん》。よし、折角やからタクシー呼んだる。わしもせんどぶりに夜景見とうなったし。お前さんと喋っとったら何や知らんけどな。

彼は作務衣のポケットから携帯電話を取り出してかけ始めた。平さんは「ちょっとそこまで歩いてくれんか」と言い添えて先に発《た》った。川沿いの道を家並み続きに下って、彼は演歌を口ずさんだり、口笛を吹き損ねたりした。

怪しい影に追われていたと思ったのに、いつのまにやら、それが平さんにとって代わられている。聞けば、彼は家族にまつわる死の影をまとっているという。まさか死霊か生霊でもあるまいに、不意に背がぞくりとして、ショルダーバッグが持ち重りした。

タクシーの待ち合わせ場所は橋の袂《たもと》だった。二人はタクシーに乗り込んだ。運転手は無言のままで、ひょっとしてのっぺらぼうではないかと薄気味悪くなった。平さんも何も言わなくなった。病《やまい》はまだ改善しないのかと「秋水堂」で買った鋏をまさぐり、握りしめるとその肌の冷やかさが酒気で火照った掌に心地よかった。タクシーは上り坂を何度も曲がりくねり城山へ上っていった。ヘッドライトが藪《やぶ》や枝葉を柔らかに舐《な》めていく。

とある石段下まで来て、平さんは運転手にしばらくここで待つようにと指示した。微酔で足がふらつき、何とか石段を登りつめると平地に出た。桜樹とか石碑の影が迫って、やがて崖が近づいてきた。途端に、家々の灯火がぱっと闇の底にばらまかれたように広がり、内心あっと歎声を押し殺した。探し物はここにもあった。

——これよこれ、こいつはいい！

彼は興奮気味に言い放って、鉄柵に両手を突いた。

——これは素晴らしい。灯《ひ》の宝石みたいですね。

眼下に遠川の本流が月影に鈍く光って、闇の奥に消えていた。南に淡く連山の影が認められた。

——ここもせんどぶりやで。

平さんは夜景を眺めながら吐息をついた。

——そんでお前さん、今晩泊まるとこ決まってないなら、うちで泊まってもろてもええけどよ。なんの気兼ねもいらんで。決まっとるんか？

——ありがとうございます。あのぉ、実は……今晩の汽車で帰らねばならんので……すいません……。

この日、無断で病院から抜け出してきたことを打ち明けようとして止《や》めた。

——……そいつは残念やなぁ。

——いずれあの「つたや」で会いたいものですね。

突然、彼は暗黒の一点を指さして、

――あれ花火かな、最近は眼が悪うなって、花火に見えんか？　火事か……。

――えっ、火事？　いや、花火ですよ。

――今頃？　ああ、そうか、三年前に大水が出て……。

と呟いた彼は掌《て》を合わせた。

自分は思わず身を乗り出して眼を凝らした。遥かに下流の町に淡く水母《くらげ》のようなものが上がっては消えている。と、何時だったか、ビルの屋上から妻子と遠花火を眺めていた情景が蘇り、幽《かす》かな火は滲《にじ》んで見えなくなった。

竹酔記

自宅の裏藪に竹酔庵《ちくすいあん》を建てた室田幹雄《みきお》のことを、本名で呼ぶ村人はめったにいない。たいていオショウさんかフウライさんで、前者は和尚のこと、柔和で、どことなく世捨人然とした風貌を湛《たた》えているためであろう。後者は俳号の風来である。彼が蕪村に傾倒し、俳句を嗜《たしな》んで結社にも加わり、今までに三冊の句集を上梓《じょうし》したことがある。かつて旧友が「若くして俳句にかまける奴は奇人」と決めつけたものだった。

晩年にこそ老の華を咲かせたいとは彼の口癖で、宮仕えの道を選んだのは失敗だったと常日頃から周辺に漏らしていた。元々音楽好きだった彼は大学を出て某音響メーカーに就職したものの、交通事故に遭い一命を取り留め、思い切ってM新聞社の学芸部へ転職した。紙面で連載物を企画し「名人名工伝」の取材を通じ、優れた芸術家や職人に接するに及んで、つくづくその感を深くした。

職場の同僚だった智代《ともよ》と結婚し一人娘も授かった。ところがその間に、彼はさるダンサーに溺れ込み、案の定不義は発覚した。妻は悲憤悲嘆のあまり、あろうことか彼の実家の井戸に飛び込んで逝《い》った。娘の方は料理人を目指してイタリアへ赴き、親父に失望したとか、現地人と所帯を持ったとか帰国しなくなった。彼はおのれの所業を懺悔《ざんげ》、懺悔とばかり猛省して早期退職に踏み切り、故郷に舞い戻ってきたが、無論のこと芳《かんば》しからぬ下世話に悩まされた。

両親は智代の復讐紛いの自死に恐れ慄《おのの》きつつ既に他界していて、兄弟二人は遠地で起業を果たし独立していたので、長子たる自分が実家を守ろうと決意した。だとしても、室田家の滅びゆく流れを止めることはできないだろうと予想できた。ただ、我が身一代だけでも、身軽になったのを潮に人生再起、変革を期すべく、これから自分のやりたいこと、やり残したことを成し遂げたいと強く念じたのである。

風来はまず敷地の竹藪に庵を設けて「竹酔庵」と名付けた。周囲は防風竹さながらで、小庭には竹垣を巡らせたが、添水《そうず》造りは果たせなかった。庵は『方丈記』にちなんで縦横一丈に留《とど》め、用材はふんだんに孟宗竹を使った。柱はともかくとして、屋根は竹あしらいの大和《やまと》葺《ぶ》きにし、天井、竹壁から床、濡れ縁に至るまで我が家の竹材でこなし、村大工を呆れさせた。

庵に囲炉裏はなくてはならぬものだとこだわった。来客用に円座を五枚ほど用意し、片隅に高級音響機器を置けば、ほとんど隙間はなくなってしまう。出来上がった庵を内外から眺めて、さても竹に惚れこんだものよ、とその執着ぶりに我ながら溜息《ためいき》が出るのだった。

次にもくろんだのは、ミニ文化サロンを持つこと。とりあえず新聞社時代に知り合い、気の合いそうな八人へ案内状を出したところ、参会希望者は、画家と陶工、刀工、演奏家の四人となり「竹酔会」と称した。なぜそれらの職になったのかといえば、風来自身が憧れてやまず、なれなかった分野だからだ。彼は若い頃、例えばバイオリンに惚れこみ安物を買って独習をやり始めたが、あまりにも難しくてすぐに諦め、尺八に転向して師匠に就き、なんとか吹けるようになったのだった。

彼自身は我が身のことを次のように心得ていた……生来、諸々の芸術的資質を秘めているにもかかわらず、所詮は出来損ないの才足らず、二流でもディレッタントでもよし、余生は真似事の一端、それらの雰囲気に浸れればそれでいい。年に何度か竹酔会を開けば、年来の渇《かつ》は癒されるはずだと。

風来がそれほど竹に惚れたのは「まっすぐ、しなやかな」ところだった。加えて根茎は語源にもある通り、まさに猛々《たけだけ》しい。生長期には一秒間あたり九万個の細胞に増殖するという。逆に彼の生き様がそうでなかったからだともいえる。それと、青春時代に萩原朔太郎の詩「月に吠える」ほか、底光りする詩眼にいたく惹かれたからだ。例えば次の一連など暗記していて、今も某役者の朗誦する声が木霊《こだま》となって響いてくる。

……光る地面に竹が生え、
青竹が生え、
地下には竹の根が生え、
根がしだいにほそらみ、……

竹酔庵は竹製品に溢れていた。花活け、茶匙、筆立て、ペーパーナイフ、竹筆、茶杓、盛皿、竹下駄、横笛、丸籠、盛籠、手提げ籠、腰籠、筆立て、鳴子、竹杯など数えあげればきりがない。また料理とくれば、筍飯と木の芽和えと白子《しらこ》の刺身は定番で、村人に教えてもらっては、季節により焼き筍、真竹の子の煮物、六月は根曲がり竹の煮しめを作り、土佐煮、胡麻和えは気分次第。酒宴となれば竹酒は当たり前で、酔い覚ましに笹茶とか竹水を飲んだりする。『方丈記』に記すところの「盲心のいたりて狂せるか」の如くである。

要するに、彼は故郷恋し、だけでなく、己れの嗜好に最も適《かな》う楽土《らくど》とすべく、別乾坤《べつけんこん》さながらの庵を造ろうとしたのだ。年金支給までしばしある身、貯えを切り崩しつつ、庭前裏庭に種々の野菜を育て、生ゴミは段ボールコンポストで発酵させ肥料の足しにした。村人に乞われるまま俳句の手解《てほど》きやら手紙の代筆、たまに多数の宛名書きまで引き受けるのも、亡妻に絡む風評を和らげ失地回復の狙いもあった。この先、独り暮らしは必至というべきだった

が、いつしか穏やかな人となりを見込まれたのか、時に村人から、

――オショウさんよ、そろそろ後妻でもどうや？　なんやったら紹介するぜ。連れてこようか、フフ。

その類の誘いは二度や三度ではない。彼は照れ笑い、

――もう女はこりごりでしてね、甲斐性なしではどうにもなりませんもので……。

などと自嘲めかして躱《かわ》すのだった。


風来の実家は都心よりＪＲで一時間半ばかり、山あり、川あり田園ありの、ありふれた農村地帯、昔は養蚕で栄えたという。山麓にあって、村役場へは徒歩十分足らず、門脇の小池と大欅《けやき》が目印になっている。

或る時、一人の女が軽自動車で訪ねてきた。竹酔会のメンバーにすべく声掛けしたのに、返答のなかった染井田真智《まち》、その筋では著名な舞踏家である。娘は異色のジャズピアニストとか、サンフランシスコへ渡ったと聞いている。いつもながら和服の似合う、楚々《そそ》たる女人で、格子縞の紬《つむぎ》の着物、白地に赤と黒の刺し子柄の帯を締めている。

――先生、私も俳句をやりたくなりましてね。何より「竹酔会」は面白そうですし……。家の方で難儀《なんぎ》がありまして、御返事が遅くなりましたの、すみません。

と苦笑交じりに和菓子入りの箱を差し出した。

――俳句の方はまだまだ……僕なんか宗匠にはなれないよ。

――それでも、よろしいですのよ。句集も何冊か出しておられますし、ほんの初歩だけでも……。先生の御趣味とか生き方が好きなんです。

相手が乗り気なのに制するわけにいかず、御随意にと構えていたところ、月に一度は来庵するようになった。いつのまにやら竹酔会にも顔を出し、接客の役をこなすまでに至ったのである。

半年後にはこんな句を示した。


「あじさゐや　滴るさまの　わが心」


この句に対し、風来は紫陽花と暗い心は即《つ》き過ぎで、俳句に「心」なんて入れるのは不適だと指摘した。また「あじさゐ」は多用され、表記として紫陽花のほか、七変化、四葩《よひら》など三、四、五文字の用字があると教えた。

滴る心という陰が気にかかり、作者の真意を問いただしてみると、真智はハンカチを捩《よじ》りしめ、

——実は故《ゆえ》あってというより、やはり相性が悪かったのか夫と袂を分かちました……。

と打ち明けた。

——へぇ、そうだったのか……相性ねぇ、そいつは曲者だな。

難儀とはこのことか、相性云々も後付けだろうが、詳しい事情を聞き出すような、無粋な真似はすまいと、その夜静かに竹酒を酌み交わしただけだった。

別の日には、殊のほか神妙な面持ちで、

——先生、最近こんなことを考えるようになりましたの。生きる意味は何なのかと……。生きていく上で大切なことでも構いません。何なりと、教えてほしいんです。

句作の悩みかと予想したのに、意外にも重たい質問にたじろぎ、彼は返答に詰まった。日頃着慣れている、濃紺の作務衣姿で腕組みしたまま、

——難問だけど……僕の不甲斐ない、恥ずかしい人生経験からすれば……うぅん……そうだな、一つは諸々の苦しみに耐え抜くこと。もう一つは他を愛すること、これぐらいかな。

真智は彼の言葉を胸に反芻《はんすう》するかのように艶めいた唇をうごめかせた。それから、囲炉裏に掛けた鉄瓶の湯を急須《きゅうす》に注ぎ、竹杯に淹《い》れ、彼にそっと手渡した。

——……耐えること……愛する心……そうですわね。

彼女は頷いて繰り返し、自分の竹杯にゆっくりと茶を注いだ。

――それと先生、亡くなられた奥さまはどんな方でしたの？

これも不意打ちだった。

――ああ……少食で痩せ型、どちらかといえば神経質だったよ。

――そうですか。だったら、私と逆ね、フッ。

――そいつは大袈裟だろう……。

風来は何々教とか宗教に近づかなかった。一神教は排他性を孕《はら》むが故に危ういと警戒し、さりとて多神教を奉ずるでもなく曖昧な万神論者を自認していた。ただ、充分理解できぬまま老荘を時々は紐解《ひもと》いた。とはいえ遁世《とんせい》の志には程遠く、むしろ蕪村の「俗に即《つ》き俗を離れよ」と説く離俗論に共鳴した。中でも老子の道という理念や宇宙論が面白く「万物は陰を負い、陽を抱き、冲気《ちゅうき》をもって和をなす」という弁証法的章句はお気に入りだった。

ところが、一方では女色に溺れたのである。新地のナイトクラブへ気晴らしに行き、大劇場でバックダンサーもしていたという女に狂った。彼は常日頃から女の舞姿が最も美しいという持論に取りつかれていたせいでもあった。新聞社という苛烈で華やかな職場で働きながら、片や無何有《むかゆう》の郷を夢想し、他方では踊る女に惚れて、その柔肌に憑《つ》かれた。妻は鋭く彼の不義に感づいたばかりか狂い死にしてしまった。その懲罰の鞭は長い間、彼の心胆を打ち据えた。供養怠りなく、二度と蛇《じゃ》の道に逸《そ》れまいと誓いをたてた。あれから何十年も経《た》っている。新たに真智という踊る女が眼の前に現れたにしても、彼はけっして淫することはあるまいと冷静なままでいた。

竹酔会の常連は画家の菅谷了介《りょうすけ》、刀工の唐田定満《さだみつ》、陶工の忠岡淳《じゅん》で、たまに演奏会で多忙なチェリストの工藤聡《さとる》が加わることもある。真智は毎回楽しみだと飲食接待の手伝いをこなした。一同が会うたびに、風流閑居の図というより疑似文人隠れ蓑だと冗談に紛らし、チロシンとシュウ酸、竹瀝《ちくれき》も薬効ありと言い募り、竹酒を痛飲しあうのだった。ひとたび庵に入れば上も下もない。美術論やら芸談、舞踏論も飛び交い、空論愚論もまた一興、甚だ居心地よかったのである。庵主の風来は酔うほどに自句集『桃李』『葦笛』『空蟬』から駄句凡句を読み上げ、いつも尺八演奏でお開きにするのだった。

その年の名月会は九月十三日、庵の小庭に茣蓙《ござ》を敷いて行われた。おのおの何か自作を持ってくる習わしで、菅谷は庵にも絵が無くてはとか、二十号の落日を描いた油彩画を寄贈した。唐田は昨年度に協会賞応募で落選した備前物、丁子刃文入りの銘刀を披露し、忠岡は赤楽、黒楽茶碗を持参して抹茶を愛《め》で合った。真智は加賀友禅の訪問着に金箔織りの入った西陣袋帯、薄いサーモンピンクの帯揚げをしていた。定刻より一時間も早く来庵していて、そこいらの野辺で露草や野蒜《のびる》の花、彼岸花の蕾を手折ってきたが、ヘクソカズラの小花は愛らしいけれども臭いので外し、竹筒の花活けにあしらった。風来はというと、画帳に描いた色鉛筆による村の風景画を見せた。

満月の上がる頃合い、全員で母屋から松花堂弁当ほか酒肴を運び上げて酒宴となった。やがて微酔に見舞われて、あれこれは美味い、来春の筍は出番の年か非番の年かと話題になり、竹の寿命は百歳以上だからお互い負けるでないぞと笑いが弾けた。ポータブルプレーヤーで演歌、民謡が鳴り出すと、風来に促されて真智が巧みに踊りだし、大いに囃《はや》し立てられ、一挙に盛り上がった。

独身の忠岡が竹杯を持ち上げたままぶしつけに、

——真智さんはお独りですか?

と問いかけた。彼女は軽く頷いて笑いかけ、髪のほつれを掻き揚げた。すかさず誰かが、

——狙ってるのか?

——みんなライバルやで、フフ。

——そんなこと言うたら、庵主に怒られるぞ。

などと茶々が入って大笑いとなった。

——名月に踊りはサマになるなぁ。

——それと酒、美酒がなくては話にならん。

――竹林《ちくりん》……。菅谷さん、月に竹は格好のお軸になるよね。

――日本画ならそうだな。

風来が割って入った。

――女の美は踊りに極まる、そう思わんか……。

――それもええけど、ほんのり桜色もな。

真智も笑いながら聞いていて、

――今宵も皆さん御機嫌さんですね。そしたら、私も桜色にさせてもらいます、フッ。

――上手い！

と応じた忠岡が彼女の杯に酒を注いだ。

竹藪の間に満月が皓皓《こうこう》と輝いた。ポータブルプレーヤーからベートーベンの「月光」が流れ出した。ついでにピアノ曲ならと、絵画的作曲家ドビュッシーの「月の光」には一同すっかり酔いしれた。風来は月を仰ぎ見、しばし眼を閉じて、これぞ至福の刻《とき》、切望してやまない刻だと、胸中で何度も頷いていた。

その後、真智は家事を手伝うからとか、なんだかだと理由をつけて、風来の家に寝泊りするようになった。半ば押しかけみたいな按配《あんばい》だったが、師走も暮れ近く、真智はお節《せち》を作ってあげるとか、浅黄色の江戸小紋姿でやってきた。母屋の古びた台所に入り、襷《たすき》掛けで牛蒡を切りながら、つと包丁の手を休めて問いかけた。

——あそこの井戸に蓋がしてあるでしょ、どうしてなの？

卓袱台《ちゃぶだい》で新聞を読んでいた風来はぎくりとして、思わず顔を隠し、

——ああ、あれは水が……水が上がらなくなってね。

咄嗟に嘘をついてしまった。亡妻の秘め事は友人にも、まして竹酔会の面々にも明かしたことはない。彼の知人はみな病死だと思い込んでいるはずだった。井戸を照らす裸電球は外したままにしてあり、誰も近づかなくなっている。真智は頷いたきり、それ以上のことは訊《き》かなかった。

新聞紙を両手にしたまま、彼は眼を瞑《つむ》った。……妻の変死のことは忘れよう忘れようと努めてきた。心残りのことで彼の唯一の弱点、アキレス腱はこれだった。果ては死霊の祟《たた》りを予感して怯えた時期もあった。毎日、精一杯鎮魂の祈りを捧げた。竹酔庵を建てた理由の一つに、この件が潜んでいたといえなくもない。新たな女をなるだけ避けようとしたのは、これが妨げになっていたのは確かだった。

しかしながら、真智という女が意外にも近づいてきたのだ。彼は正直なところ、俳句伝授云々は敬遠したかったし、大いに戸惑った。その日、彼が遠慮したのに、彼女はお節《せち》を作っ

てあげると言って聞かなかった。彼の好物だという高野豆腐に金時豆、小芋に卵焼きなど、重箱一段だけのお節を調《ととの》えたところで、彼女は手を止めた。廊下の籐椅子で茶を含み、改まった口調で、

――先生ね、ちょっとお聞きしますけど、若い時分から俳句を作ってらっしゃいますよね。どんなお気持ちでというか、意図で作ってるんですか？

――それは……口幅ったい言い方だけど、文学作品というのはね、使う言語に艶も香りもコクも欲しいけれど、五七五で万物の神様を探しているのかな。

――えっ、神様ですって？　どういうことなのか分かりません。

――むずかしいよね。僕自身も確たる理屈は分からないけれど、何というのかなぁ……宇宙の根源みたいなものに触れたいのか、いや、そうじゃないな、万物と同化したいのかもしれない。同化しておのれを浄化するという風に……。

――へぇ、それって、私ごとき者には理解不能ですよ。

彼女は首を振って苦笑いし、初詣はどこへ行くのかと尋ねた後、仏間の方へ立ち去った。

好季折々に竹酔会は催され、真智も毎回通ってきたが、風来は相変わらず彼女に対して距離を置き、曖昧な態度をとり続けた。とはいえ竹酔会で忠岡が冗談めかして言った台詞《せりふ》が何

となく気になっていた。彼は妻に逃げられたと聞いていたし、真智に対し独身かと確かめていたからだ。その後も彼女の挙動に気を付けていた。忠岡は地元で気鋭の名士、風来より遥かに若いし二枚目ときている。二人が互いに引き合うのであれば、それはそれでめでたいことと言えた。やっかむ気持ちなどなかったのである。

八月の或る日、真智から電話がかかってきた。聞けば、いつぞやの竹酔会の帰途、忠岡に居酒屋へ誘われた。妙に理屈っぽいところや物を食べる時にクチャクチャ音させるのが嫌だった。それから、欲しくもない花瓶を送り付けてきたり、うるさいほど電話がかかるようになった。こちらは有難迷惑もいいところだと愚痴をこぼした挙句、

――先生だから正直に話すんです。あの方とおつきあいするつもりなんてありません。もう竹酔会には呼ばないでくださいね。

風来は黙って聞いていて「よし、分かった」と受けたきりだった。

それから四、五日して、近所の倉持老人が薩摩芋をぶら下げて玄関の戸を開けた。今年の猛暑はとか、台風がどうのこうのとか、米作、畑作の出来具合についてひとしきり世間話を交わした後に、

――オショウさんよ、裏の竹を四角にして売ったらどうや？

と勧めてくれた。相変わらず清貧暮らしそのままだが、小遣い稼ぎにでもと気遣ってくれ

たのだ。そいつは名案とばかり、人工の四角竹の作り方を丁寧に教わった。冬場でも竹林の手入れは欠かせないが、猪と害虫も油断ならない。なまった體《からだ》を元気づけようと、青竹に谷水を入れて煎《せん》じたりした。

ところが、土入れをし肥料やりの途中で、発熱に嘔吐や発疹に見舞われるようになった。急ぎ市立病院で診察を受けたところ、白血病と診断された。帰宅してから竹藪をさ迷い歩き、青空を仰いで、我が家も遂に滅びゆくかと呟いた……自分は無理もせず健康に自信があったのに、飲みすぎとか偏食が遠因なのか。とはいえ、さほど衝撃を覚えないのは、今までの生き様にほぼ満足していたからではないかと自らを慰めた。

春まだ浅い頃、彼は独り竹酔庵に座して炭火を熾《おこ》した。……意外に早く両親が亡くなったのは、妻の起こした凶事によるストレスのせいにちがいない。息子の自分は慙愧《ざんき》慙愧《ざんき》と後悔の毒を薄めるために竹の庵に逃れたのではないか……ふと父が漏らした言葉を想い起こした。竹も数十年に一度は花が咲く。それを機に地下茎が枯れていく。葉が変色したり、枝が細くなればその兆しだと。なんと花が咲いてほどなく命絶えるとは……万物の変転して止まないのは当然だ。兄弟も血の繋がりがあるとはいえ音信はほとんどなく、盆暮れに顔を合わせるぐらいだった。おそらく故郷に住み着く気はないだろう。いずれ竹酔庵もこの古民家も廃屋と化すだろう。今からでも遅くはない。この出来損ないの身にせめて一華《ひとはな》咲かせて……残念なことに、まだ華を咲かせたとは言えまい。その華とは一体何なのか……。
再び萩原朔太郎のリズミカルな詩句が耳奥に残響する……。

……かたき地面に竹が生え、
地上にするどく竹が生え、
まっしぐらに竹が生え、
凍れる節節りんりんと、……

しばしの瞑想から覚めた風来は何思ったか、本箱から句集『桃李』を取り出してきて、徐《おもむ》ろにめくり始めた。時々は手を止めて溜息交じりに読み返しているのだった。その夜、強めの風が雨戸を揺らした。彼は燭台に和蠟燭《わろうそく》を点して心鎮め、深更まで句を案じているようであった。

その年十一月六日、風来六十六歳の誕生日には、真智一人だけ竹酔庵に呼び寄せた。彼女は彼のこだわる、赤白黄色の薔薇の花束を、彼の方は記念にと短冊に自作の、

「瓔珞《ようらく》の一つこぼれて恋螢　風来」

と筆書きして贈った。人肌に温めた竹酒をしたたかに飲んだ。彼女も付き合い酒に膝を崩した。酔いの勢いもあって、彼は微苦笑に紛らせつつ思いもよらぬ発病の事実を打ち明け、T細胞による免疫療法を受けるつもりだと語った。

彼女は驚きの声を抑えて姿勢を正し、

——先生は元々お体は丈夫な方でしょ。きっと治りますよ。歩きは速いし、芯はお強いのです。竹をこれほど愛していらっしゃるんだもの、それこそ百までも……私、しっかりお世話させていただきますので……。

——しぶとい竹に執心か……そう言ってもらえばありがたい。でも、先のことは誰にもわからないからね。

囲炉裏の炭火をしきりにいじっていた風来はつと顔を上げ、細目をしばたたかせた。

——竹は花をつけてから枯れるんだって、面白いじゃないか。

——そんな縁起でもない、先生、やめてくださいよ。

場が陰気になりかけて、彼は尺八を取り出し、明恵《みょうえ》の「雲を出でて我にともなふ冬の月風や身にしむ雪や冷《つ》めたき」と吟じたかと思うと、何やら狂おしく吹き鳴らした。それに呼応するかのように、彼女も立ち上がり舞いだした。「全快をお祈りして」と口走り、眼にうっすらと涙を浮かべながら。ひときわしなやかに踊り終えた彼女の體を、彼は激しく掻き抱くと、正絹ぼかしの長襦袢は掻き乱れ、彼女は身をうち震わせすすり泣いた。

風来が病み初めてから、真智は先生を守りきると明言した。それ以来、竹庵会の案内も次第に途切れがちとなった。その代わり、彼の即興尺八に合わせて、彼女の踊りぶりは磨き抜かれ生彩を放った。この時空間こそ彼にとって華の刻《とき》に違いないと頷いた。句帳に次々と句が書き加えられた。

人恋へば白薔薇ほのと月に泣く
黒髪に蛇の生まるる春夜かな
菜の花や身八つ口より風通ふ
面影を幾夜寝がてに小夜千鳥
また一つ晩鐘遠し彼岸花

…………

数年経ち春巡り来て初夏にさしかかり、竹酔庵の竹藪に小花が乱れ咲いた。花簪《はなかんざし》のような、可愛げのある花弁が群《む》れてこぼれた。

朱き繭《まゆ》より

……まどろみかけて、幻聴なのかヴィヴァルディの「冬」が鳴ったり消えたりした。日本海に向け分水嶺を越えた営業車は峠をゆっくりと下っていった。小雪を浴びて七曲りしながら、左側は渓流に変わり、右手は山の斜面が続いた。橋野運転手との会話も途切れて、手持ち無沙汰のまま助手席でタバコを咥《くわ》えた。とあるカーブにさしかかった際、いきなり小型トラックがフロントガラスいっぱいに迫ってきて、鋭い悲鳴を押し潰した……。

失神から覚《さ》め、無意識に持ち上げた両手はべっとりと血塗られているではないか。真っ暗な背景に、橋野はハンドルに突っ伏したままだ。一旦視界が消え、再び気づいてみれば、病院の玄関前らしく、看護婦らがストレッチャーを押しながら何やら叫んでいる。毛布でくるまれているのに妙に肌寒く、暗く長い廊下を急ぐストレッチャーの車輪音だけが軋《きし》んでいた。

……薄暗い部屋で自分はなぜか高く舞い上がり、何人かの白衣がベッドに伏した青年を取り囲み、メスの触れ合う金属音が冴えている。……手術台に接した背中が冷やかで、他の器官も悪寒《おかん》がする。頭部に半ば痺《しび》れたような感覚が広がり、瞼が腫れ上がっているせいか、医師の顔が定かではない。手足を少しでも動かせば、體のどこかが崩れてしまいそうな気がした。

一体どうした、と呟いたつもりなのに声が出ない。左手首と胸部に鈍痛を覚えた。脇腹に接した右親指を胸元へもっていこうとしてやめてしまった。何か緊縛衣《きんばくい》を着せられているみたいで、全身に圧迫感があったからだ。こいつは只事《ただごと》ではないぞと気づいていても、悲惨な現状を認めたくないという意識がどこかに働いていた。


事態がようやく呑み込めたのは、その日の夕刻になってからだった。看護婦らが慌ただしく輸血を施し、体温やら血圧を測り終えてから、年配の婦長がベッドに屈《かが》みこみ、

——瀬野さん、ご気分はいかがですか？　頭痛いですか？

——……うう……。

——会社の方へは連絡してありますし、スーツやカバン、眼鏡は預かってありますからね。

——ああ、ありがと……ここはどこですか？

——ここは舞鶴、城下町の西舞鶴ですよ。

全身の血が逆流して、頭蓋内に無数の小虫が八方へ這いまわっているような不気味な感覚に侵されていた。運転手は、車に積んだ商品はどうした、と問いかけようとしたが、誰も居る気配がない。おそらく口からも朱い糸を吐き続け、全身血袋となっているのだろう、呻き

声さえあげられず、身動きひとつできなかった。

断続的に眠れたのか、朝を迎えた。個室の窓から射し込む光の具合によって大体の時刻の見当がつくのだが、天井が仄明るいのは積雪のせいと思われる。右頭上にイルリガートルから垂れて、点滴用管が見える。フロントガラスで幾筋も負った裂傷は整形手術が施されたのではなかろうか、手術台の冷たさに震えが止まらなかった。體を少しでも動かせば鈍痛が広がり、血を吐き続ける虫は朱い繭《まゆ》を作ろうとしていた。

模糊《もこ》とした脳裏に浮かんだのは、まず両親と妹の登志子《としこ》のこと、登志子の友人で伴田里奈《ともだりな》の笑顔だった。次いで勤務先のオリオン電機大阪営業所小西所長と同僚の面々、学友たち。それに運転手の橋野はどこに居て、どうなったかということだった。医師と看護婦らが慌ただしく出入りし、足音が入り乱れ、囁き声が聞こえたり途切れたりして、経緯の細かい記憶は曖昧なままだ。

翌日の夕刻だったか、個室の扉がゆっくりと開く音がした。瞼が腫れ上がって狭くなった視野に入ってきたのは看護婦の後ろに付いてくる人影だった。腰を屈《かが》め、銀色のショールをまとい、表情をこわばらせたまま、ベッドの方へすり寄ってきた。

――……お兄ちゃん……。

それは母澄枝《すみえ》の声だった。

――あ……うう……。

ほつれ毛の目立つ、母の窶《やつ》れ顔はそのまま沈んでいき、程なく般若心経を唱える声が聞こえてきた。地底から湧き起こるような、低く波打つ声音だった。

母は三十分ばかり一心に唱え続けた。やおら身を起こし、半ば安堵したのか、うっすら笑みさえ浮かべた。手指で布団を押さえながら、これまでの経緯をぽつりぽつりと語り始めた。

……二月の八日、オリオン電機の小西営業所長から父健造の役所へ事故の急報が入ったこと、凶事を耳にして気を失いかけたこと、父はこの病院に駆け付けたけれども、面会謝絶だったこと、自宅の吹田《すいた》から舞鶴まで京都で乗り換え何時間もかかったこと……何はともあれ、卓《たく》司《じ》の顔を見ただけで少しは気が楽になった、今晩はこのベッドの下に布団を敷いてもらい寝るつもりだと……。

途切れ途切れに話す母の話を聞きながら、ふと気になったのは伴田里奈《ともだりな》のことだった。今まで妹の友人数人と海水浴や山歩きに何度か同行して、秘かに想いを寄せていたからだ。友人らには気遣いなどさせたくなかった。

――……あのぉ……。

腫《は》れた唇を見つめていた母は顔を近づけてきた。

――このこと……あの伴田さんにも知らせてほしい……。

——ああ、伴田さんなぁ、分かった。帰ったら登志子に言うとくさかい。登志子もびっくりしてしもうて……。

母は小刻みに頷いてみせた。

昭和三十六年、就職に有利かと京都の私大経済学部に入学したものの、今さら教養課程なども反発、まるで勉学に身が入らなかった。大学図書館で小説本を借りまくり、アルバイトをしては旅にかまけ、骨董屋を覗いたり、名曲喫茶に通っていた。とかく内向きで、胆《きも》の据わらない、怠け者のノンポリ学生だった。ゼミで知ったシュンペーターを卒論にしたとはいえ、単に某研究書を纏めただけの代物だった。就職先の第一希望はマスコミ関係だったが失敗し、第二希望の電機メーカーに切り替えた。ところが、苦手とする営業部に配属されてしまった。京都担当を命じられ、渋々ながらもなんとか店回りを勤めた。昭和三十八年に至り、当時は世間でようやくテレビやステレオが売れ始めた頃だった。月次の販売ノルマを達成するため、この新米セールスマンは代理店経由で出張販売に行く途中で正面衝突の事故に遭ったのである。三日後には小西営業所長始め、東舞鶴にある代理店、戸田電機の東野社長、オリオン電機の室田総務課長らが次々と見舞いに来るに及んで、災難は現実のものだとはっきり認識させられた。

フロントガラスで頭部を強打しており、脳内出血が起きたのかどうか、ルンバールなる精密検査が行われた。看護婦に頭と足を抱えられ、曲げられた背中に太い注射針を射しこみ、脊髄から髄液を抜き取るのである。流石《さすが》にこれには怯えた。検査結果は黒と判定され、絶対安静を言い渡された。ベッドに縛り付けられた格好になり、四六時中天井を仰いだままになった。食欲はなく、排尿排便も止まってしまった。

蛍光灯に覆いが掛けられた。氷嚢《ひょうのう》と水枕が頭部に当てがわれ、行火《あんか》が足元に置かれた。静脈注射に鎮静剤が含まれているのではと想像するだに、今に錯乱にのたうつのではないか……血繭にうずくまった自分は心拍音に耳澄ましつつ、途方もない悪夢の予感にうち震えた。

見舞客が断続的に現れては、包帯だらけで目鼻だけのぞかせたこちらの姿を憐れむように、異形《いぎょう》の者を恐れるように見下ろした。彼らの視線に耐えきれず、事故のあらましを訥々《とつとつ》と漏らすのみで口を噤《つぐ》んだ。程なく彼らは紋切り型の慰め言葉を言い残して去っていった。

一時の混乱状態が収まりかけた頃も、全身を締め付けるような疼痛や頭重感は取れなかった。会社、代理店だけでなく家族にも言い知れぬ心痛の種をまいてしまった自責の念は募るばかりで、一刻一日の苦衷《くちゅう》に耐えねばならなかった。

……体中の朱い虫が鳴いている。頭蓋内に血が噴き出て、脳細胞は血で膨れ上がり、今に頭蓋骨が破裂するのでは……。その内、自分は発狂するのではないか……眩暈《げんうん》に襲われ妄想は膨らむばかり……前頭葉は鋭利なメスで薄くスライスされ、アッアッと悲鳴を挙げそうになり、脳味噌のパラフィン・スライスが舞い散って……社会人となって間がないのに、自分は壊れてしまったではないか、何ということだ。やはり自分は社会への入口を間違えたのではないのか……。

妹の登志子が寒気に頬を赤くして個室に入ってきた。大きな紙袋から下着類やリンゴにミカン、トランジスタラジオなど取り出して枕頭台に置いた。ピンク色のマフラーを首に巻きつけ、雪のせいか鼻頭が赤く、頭髪が濡れている。

——伴田さんに伝えてくれたか？

——うん、里奈ちゃん、悲鳴あげてはったよ。泣いてたみたい……。

軽く頷いて眼を閉じた。瞼が半ばふさがっていて、妹の表情が読み取りにくい。鼻腔も詰まっているのか、自分の声がいつもとは違うように響く。

——痛むの？ ……ここまでたっぷり五時間はかかるわ。特急に乗ったらもっと速いけど……。

登志子は最近、文具店のアルバイトを始めて、失敗談を殊更に面白おかしく語ってくれた。これから夜汽車で帰る、近くに川が流れていて、橋の雪で足を取られそうになったこと、その時潮の香りがしたような気がするなどと喋り散らした。

妹が去ってしまってから、リンゴ汁を頼み損ねたのを悔いた。営業車に積み込んでいたオリオンテレビとかトランシーバーなど自社製品はどうなったとか、橋野運転手の怪我の程度はとか、あれこれ気になりだした。検温に来た准看に問いかけると、ガラス片で額を切ったけれども、大したことはない、早めに退院できるだろうとのことだった。

全身に鈍痛がまとわりついていた。担当医は刺激的なことは一切しないようにと、意味ありげに注意を促した。一番案じられたのは、やはり脳髄の一部が潰れていて、今に発狂するのではという懸念だった。このまま地獄行きか、八方塞がりの挙句……そんなことを思い詰めると、惑乱して叫び声を挙げそうになった。諸々の妄想を打ち消そうと、上体を揺らした弾みで、氷嚢がぐしゃぐしゃりと、それこそ脳髄が潰れるような、嫌な音を発した。

入院して数日後に重湯《おもゆ》を与えられたが、尿道が緩んだのは四日目、肛門が開いたのは六日目のことだった。それまで看護婦に何度もその兆しを確かめられ、

——屁も出ません……。

と漏らしたものだった。奇妙なことに、これほど悲しむべき厄災に遭ったのに涙さえ出ないのだ。人間は痛ましい災難で、或る限界を超えれば感情まで失うのだろうか。尿瓶《しびん》や便器を当てがわれる度に、ひどく恥ずかしがる仕草を見せるためか、看護婦らを苦笑させた。

夜になるといつも脳細胞が剃刀《かみそり》でスライスされるような幻覚に襲われ、それでも輾転反側《てんてんはんそく》すらがまんしなければならなかった。

底なし沼を泳ぎながら闇に呟く……どうやら一命は取り留めたようだ。企業戦士は弾丸にあたって重傷か、一体どれぐらい入院せねばならぬのか、この傷は全治するのだろうか、いや全治などありえない。退院できたとしても、その後はどうなる、どうすべきなのか……。今は頭の整理がつかない、先の方向性がつかめないではないか……。

十日ほど経って、戸田電機の東野社長に伴って、従業員の織作綾《おりさくあや》と平本紗智子《さちこ》が見舞いに現れた。前回の訪店でほとんど会話を交わさなかったのだが、綾は小柄でほの白い衣服を纏い、北国の娘らしく際立って色白、あるかなきかの微笑を浮かべているところが印象的だった。

彼女は社長の後ろに控えていたが、枕元に進み出て、

――一日も早く良くなってくださいね。バラがお好きと聞いてましたので……。

と言うなり、花びらが紅白の花束を鼻先へ近づけた。自分はわずかに頷いて、

――……すみません……ご迷惑をかけてしまって……。

それだけ言うのがやっとのことだった。彼女は小さく首を振り、そっと右手を布団に触れた。いつのまにかその眼から笑みが消え、潤んでいるように見えた。

木造二階建てと思しき総合病院の天井は所々染みが浮き出ていた。そいつを見上げている内、血痕が蠢《うごめ》いてくるように見えて仕方がなかった。どうかすると、ロールシャッハ・テストを試されている感じになってくる。まるで鉛のヘルメットを被り、手足のもがれた状態だから、眼で蛍光灯の紐の揺れと天井の染みをなぞるぐらいが、一日で唯一の楽しみなのだ。

できるなら名曲を、なぜか無性に琴とか胡弓の澄んだ音色が聴きたくなった。元々、無類の音楽好き、そのような欲が出て来たこと自体、一条の光明ではないかと思えた。

十本の手指を開いたり閉じたりしてみた。次に足指の方もやってみた。少々の痛みは伴うものの、動くことは動いた。視力はどうなったのか、割れた眼鏡は血だらけのスーツと共に家族が持ち帰ったという。近視だから何もかもぼやけていて当たり前だが、以前と比べて悪化したのかどうかも分からない。あらゆる器官がダメージを負ったのは間違いあるまい。それと、脚の具合はどうか、せめて自力で便所へ行きたかった。

あの瞬間のことを何度も思い起こしてみた。

……早朝から小雪のちらつく日だった。峠の飯屋で橋野運転手と軽い昼食を摂《と》った。母に貰ったミカンを、確かに彼と分け合って食べた。……ヘアピンカーブから平地に降りてきて、直線道路となり、或る曲がり角で……失神と半昏睡を繰り返し……カーブなのに、相手の車が先行車を追い越すという無謀運転のせいで衝突したに違いない。こちらに落度はない。不運というより、これは加害者の過失ではないか……興奮は禁物というけれど、俄然《がぜん》腹が立ってきてやりきれなかった。

ようやく当時の状況を反芻できるまでになった。すると今度は、なぜ自分は第二志望の電機メーカーに進んだのかと検証したくなった。父は役人になれとしきりに勧めた。それを一蹴したのだが、第三の道があったのではないか。もう少し慎重に、自己に正直に徹すべきではなかったのか……。詮無《せんな》いこととはいえ、今更のようにその青臭さ、判断の甘さを呪い、自嘲のあぶくを天井に噴き上げるのだった。

枕頭台の花瓶に真紅と純白のバラが活けられた。織作綾が携えてきてくれたものだが、いつぞやその香りがたまらなく好きだと漏らしたのかもしれない。その花弁の色を見つめていると、綾の次に伴田里奈の顔が明滅してきた。登志子より二つ年上だが、大きめの眼姿と物柔らかな話しぶりに惹かれた。記憶に焼き付いたのは、どうした弾みかワンピースの袖から垣間見えた乳房の一部……。また、浜辺に腰を下ろし、落日を眺めていた時、風になぶられた長髪の先が首筋に触れた瞬間……、ただそれだけの甘っちょろい片想い……。

いつしか自分は鳥になって大空を舞う夢想を楽しんだ。たとえ鳥と化さなくとも、繭から蝶に変身してみせるという心意気が生まれてくると、会社とか仕事のことなどどうでもよくなってきた。更に加害者側の誰かが見舞いに来たのかどうかも気になるところだが、もし姿を見せた折には、嫌味の一言どころか、一太刀でも浴びせてやりたいほど怨《うら》み骨髄なのだ。相手はいっときのどさくさに紛れて来たのかどうか、記憶が飛んでいる。今頃、オリオン電機側と示談交渉になって、父が然るべく対応しているのだろう。

頭部の包帯が取れたのは半月ほどしてからで、なんとか箍《たが》が外れた感じがした。指先で恐る恐る頭、額、頰、顎となぞってみるのだが、髭《ひげ》が伸び放題になっていて、裂傷と縫合の傷跡が察知できない。それよりも脳髄の襞《ひだ》に血腫《けっしゅ》ができて、いずれ狂いだすのではないかと怯えはこびりついたままだ。

或る土曜日、登志子が母に頼まれたとか、下着の着替えを持ってきた。

——このこと、里奈さんに伝えてくれたんか、ほんまに言うてくれたんか？

しつこく質《ただ》してみた。

——もち、言うといたよ。彼女は今、就職のことで忙しいんやわ。ここまでは無理……。

そう断定されてしまえば、頷く他はない。

——僕の顔どうなってる？　酷《ひど》い傷になってるか？

——ううん、そうでもないよ。思ったより……。

——髭で分からんやろに？

——うん。ほんでも今に目立たんようになるて。そんなこと、あんまり気にせんとき。お兄ちゃんの髭面って、男らしいよ、フッ。

――もう一つ頼み事がある。勉強部屋の文机《ふづくえ》にな、小さな鈴を入れてあるんやけど、すまんが持ってきてほしいんや。

学生時代に年寄り臭く酒器のぐい飲みを集め始めて、或る骨董屋で緑青《ろくしょう》の吹いた小鈴を手に入れたことがある。その澄んで涼やかな音がいたく気に入ってしまった。病臥していて欲しいものといえば、殊のほか、澄み切ったもの、明澄極まりないものだ、音とか色の……。

登志子は最近、父が寡黙になったことや、母は連日、仏壇の前で念仏を唱えていること、アルバイト先の主人が浮気をして発覚したこと、近くのうどん屋で食事を済ませて帰宅するつもりだなどと話した。


病室のスチーム暖房がどれほど利《き》いているのか分からなかった。少し顔の向きを変えるだけでこめかみが引きつり、辛うじて窓は見えるのだが、たいてい曇っていて、いかにも日本海側と思わせる日和が多かった。まだ戸外の雪が残っているせいか、天井に斑《まだ》ら模様が映っていた。

入院患者の我儘《わがまま》で、見舞客が誰も来ない日が続くと、誰か来てくれないものかと期待してしまう。そんな想いを溜息交《ま》じりに呟いていた日のこと、昼食後に扉の開く気配がして一人の娘が忍び足で入ってきた。一瞬、里奈ではと錯覚したのだが、戸田電機の織作綾だった。黄土色《おうどいろ》した毛糸のセーターに真っ白なマフラーを首に巻いていて、握り寿司の折詰を差し出し、東野社長からの差し入れだと言う。いつもながら澄んだ瞳を笑顔にくるんで、

——もっと早くお見舞いにと思ってたんですけど、母が体調を壊しましてね。

——寒い中、遠い所、わざわざすみません。社長によろしくお伝えくださいね。

彼女は布団の襟を直してくれて、

——堪《こら》えてくださいね。きっと良くなりますよ。日にち薬ですもの。

——ほんとにありがとうね。お母さんもお大事に。

怪我のことだから、日にち薬と慰められればその通りだった。それに、本でも食べたいものでも、何か欲しいものがあれば遠慮なくとまで気遣ってくれて、初めて彼女の温かさ、情の細やかさに感じ入った。その日の夜になって、今まであまり意識していなかったのに、人の情というものが身に染みた。あの綾という女性は北国特有の冷え寂《さ》びた美しさを秘めている。まるで蓮の花弁のような、ほんのりと薄紅帯びた姿形が浮かんできて、今更ながら意外な発見にたじろいだのだった。

そんな思いを馳せていた数日後、彼女からの手紙が病院気付で届けられ、又も驚かされた。それは和紙製の封筒と便箋に万年筆書きで、

「この度の事はさぞやご無念でいらっしゃいましょうし、胸中お察し申します。この上は養生専一になされ、日にち薬を信じて、必ずや……やみがたい禍に耐え忍ぶことは尊いと思います。」

と丁寧に結ばれてあった。最終行の「やみがたい禍」云々には心底揺さぶられる思いがした。その短い手紙文を何度も読み返し、その夜は封書を胸に抱いて眠りに就いた。

妹に託した小鈴は父が持って来てくれた。トランジスターラジオでなるだけ音楽をと望んでも思うに任せない、そんな時には、鈴を耳に押し当て振ってみるのだった。このかそけき音色こそ玉響、「たまゆら」と称するのだろうか、古代王朝の雰囲気に通う温雅な響きで、いささか心和んだ。

日が経つにつれて一時の動揺も収まり、全身の痛みも幾分柔らいできた。それと共に来《こ》し方行く末のことなど、思い巡らさずにはいられなかった。

……第二志望の電機メーカーに入社できたとはいえ、配属先としての営業部は不満どころか苦手であった。人事部宛てに希望は宣伝部と明記したはずなのに認められなかったのだ。社の営業路線拡大策とか、その年の大卒者は多数第一線に投入された。毎月の営業会議で売上目標が設けられ、同行販売とやら代理店の担当員に案内され、小売店へ売り回るのである。無論、手形や割引率の上限は決められている。運転免許を取れと促されたものの、苦手意識が災いして無視していた。運転手付きの出張販売で肩身の狭い思いをしながら、シートベルトのないオンボロ車で雪の日に出発したのだった。

……嫌々ながら仕事をしていたので罰があたったのか。いや、ひょっとして、これは神様の思し召《おぼめ》しなのではないか。この不本意な人生航路の舵を切れとの暗示ではなかろうか。天罰ではなく、天祐天啓《てんゆうてんけい》とみなすべきなのだ。そう受け取らなければ救われないではないか。この厄災は大きく舵を切る絶好のチャンスなのだ。それと、この不運にも哀れな青年に神様はそれとなく心優しき女人を送り届けてくれたのでは……。因果応報という言葉がある。果が凶と出たからには因を糺《ただ》さなければならぬ……。だが、今しも高鳴ってくる音楽は悲哀の籠ったジャズ「クロスロード　ブルース」……いずれラヴェルの「ボレロ」となってほしい……あの生命のクレッシェンドへ……小太鼓よ、鳴れ！　トロンボーンよ、響け！

雨の降った日の夕方、オリオン電機の室田総務課長が橋野運転手と共に姿を見せた。橋野はどことなくおろおろして、傷が癒《い》えたので先に退院する、返す返すも申し訳ないと、両手を合わせて泣き声交じりに謝るのだった。これに対し、何も貴方が悪いわけではないから気にしないでほしいと宥《なだ》めた。課長は警察の話でも相手が全面的に違反しており、怪《け》しからん奴だと息巻き、目下示談折衝を進めている、その都度父親にも報告している、と語った。自分は黙って聞き流していて、示談でどっちに転んだところでどうでもいいような気になった。関心はもはや別の方面へ向かいつつあったからだ。

二回目のルンバールが施された。内服薬はそのままで、食欲も少しは戻ってくると、配膳車の音が待ち遠しくなった。笑窪《えくぼ》のある、うら若い准看にスプーンで食べさせてくれる度、幼児のように甘えたくなるのが我ながら可笑《おか》しかった。

やがて個室から六人部屋に移された。回診時、医師は膝蓋腱《しつがいけん》反射を診《み》ながら、頭痛はするか、他の部位に痛みが残っているかと尋ねたので、まだ鈍痛が體全体に広がっている感じだと答えた。

――きちんと養生しておれば、あまり心配することはないですよ。瀬野さんは優等生です。

医師は慰め顔で言い添えた。咄嗟に「便所へ行ってもいいですか」と確かめようとしたが思いとどまった。まだ起き上がりが許されてもいないからだ。その代わり、

――髭を剃ってもいいですか？

などと小声で問いかけてしまった。

――頭部に振動を与えるのはよろしくないですね。

そこで自分の面貌《めんぼう》を想像してみた。血走った眼、蓬髪《ほうはつ》に伸びた髭だらけの顔面なら原人さながらではないか。いずれ散髪屋で剃り落とし、醜い傷跡が露出するのではと暗澹たる想い

にうち沈んだ。

時に尿意を催せば、枕元にあるインターホンのスイッチを押し、

――尿瓶一丁、お願いします！

と叫ばねばならず、便意とくれば、

――便器一丁、お願いします！

他の入院者の手前、この恥ずかしい頼み事さえなくなればと願わずにはいられなかった。

昼間は自社のトランジスターラジオにかじりついた。第一に音楽番組、次に漫才、落語、講談、浪曲の類で、敢えて政治や事件事故物は敬遠した。とにかく政局とか天災、世の中の悪いニュースなど一切耳にしたくなかった。好みのラジオ番組が無ければ、小鈴を耳に当てて暇潰しとした。

一時は無謀運転した相手に対し、恨み言の礫《つぶて》をなどと立腹していたけれども、冷静になってみれば、相手も故意にこちらに殺意を抱いたわけではあるまい。要するに不注意、過失の類だろう。ただ少なくとも詫び状ぐらいは、と興奮してくると寝つきが悪くなり、さりとて寝返りもままならず、思わず呻き声を挙げてしまうのだった。

その日の夜中過ぎ、どうしても體を動かしてみたくなり、思いきって半身を起こし、ベッドの手摺りに身をよりかけた。一瞬、頭がくらっとして、全身に気だるさを覚えた。まるで

自身の體でないような、妙な違和感があった。ほかの患者は寝静まり、枕頭台の置時計は午前二時七分を指していた。扉の隙間から廊下の灯がわずかに洩れている。何となく嬉しくなった。長らく寝たきりの視界が一挙に開かれたので、開放感が得られたからだ。頭を擡《もた》げれば、脳髄の破れた血管がダメージを受けるのではないかと恐れつつ、そっと片足を床に着けてみた。筋肉が硬直していて引きつるように痛い。危うく倒れそうになった。ベッドに両手を突いてゆっくりと一回りしてみた。意外に脚に力が入らず、慌ててベッドに這い上がってしまった。

三月になってようやくベッドから起きてもよいという許可がおりた。夜遅くまで高揚した気分を持て余し、廊下を行きつ戻りつしてベッドに戻った。耳に小鈴を当てていると、ぼんやりと女の影が、天井に揺らぐような幻覚に見舞われた。

……室内がゆるやかに溶明していき、おもむろに扉が開けられた。濃紫に見えるスーツを着た娘が擦《す》り足で近づいてきたかと思うと、つと立ち止まり、

——瀬野さん……。

声は低くくぐもり、何故か近づこうとしない。女の顔にうっすらと靄《もや》がかかっていても、目鼻立ちからして里奈の幻像だ。

――……もっと早くにと思ったのですけど、何かと用事ができてしまって、ごめんなさいね。ほんとにびっくりして……。

――いえ、ご心配かけて……こちらこそ……。わざわざこんな遠い所へ……。

後は言葉にならず、涙を堪《こら》えた。

――……残念で、残念で……。

彼女が眼を伏せた途端に、左右から靄《もや》が濃くなってきた……。

――就職の方、もう決まったの？

――はい、お陰様で……。それより瀬野さんの方が……。思ってたよりお元気そうで……。

――こんな姿、恥ずかしいです。

彼女は真っ黒な紙袋から菓子箱を取り出し、シュークリームを取り出し、口許に差し出した。

――私、まもなく東京本社へ行かねばなりません、研修に。……ごめんなさいね。

――もう遠くへ行ってしまうんだね。

シュークリームをもう一つねだろうとしたのに、扉がひとりでに開いた。アッと驚くまでもなく、彼女は遠ざかり縮こまり、溶暗《ようあん》のうちに消えていった……。

その後、登志子が焼き芋に下着と洗面具を運んできた。あの夜の不思議な幻想体験を打ち

明けると、

——それ、正夢みたいやな。彼女は確か航空会社に内定やて。準備がどうとか言うてはったよ。

自分は大きく頷いて吐息をついた。

物の本によると、仏法の根幹に因果の道理があると説いてあった。善因があれば善果があり、悪因があればこそ悪果があるというわけだ。されば悪因は何なのか？　自分の場合、やはり大学も職種も、選択を誤ったのだ。我、愚かなり。判断が甘かったとしかいいようがない。つまり職の適性という面でもっと正直に選ぶべきだったのだ。この事故を神様の啓示とみれば、この際、軌道修正し、力強く立ち直らねばならない。

歩行を許されて、なるだけ足慣らしのために廊下を歩き回り、どこに何があるか突き止めた。赤電話は玄関ホールにあり、浴場は三号病棟の端、大衆食堂は病院からどの方角にあり、散髪屋はどれぐらいの距離にあるかまで聞き出した。秘かに人生再出発の計画を練り始めたのである。

そうこうするうちに、一人の看護婦が「お届け物です」と前置きして、板状の品物を運んできた。病院気付で、差出人はとみれば、「入社同期生一同」となっている。包装紙を破ると、一枚板になんと金文字で、

「苦痛を通じて　歓喜に至れ」
——ベートーベン

とあり、ドイツ語も添えられてあった。ベートーベンの名前を目にした途端、たちまちバッハ、ブラームス、と三大Bの名曲が次々と閃いた。今まで蓋《ふた》されていたのだが、愛好してやまない音楽の玉手箱が開かれたのだ。クラシック音楽が聴きたいと心底から悶えた。自宅なら自社製品のステレオで自由にレコードを楽しめるのにと悔しかった。交響曲、バイオリンソナタ、チェロソナタ、ピアノ協奏曲、パイプオルガン曲、舞曲などあれもこれも。「運命」が「田園」「第七」が、「ブランデンブルク協奏曲」「マタイ受難曲」が、「ハンガリー舞曲」に……次から次へと鳴り響いて余韻を引いた。

この無上の激励品をありがたく押し頂いた。事故を契機に新たな運命の扉を開こうと肚を決めた。とりあえず今度、家族の誰かが来れば、ベートーベンの箴言《しんげん》を送ってくれた同期生らに謝辞を伝えなければならない。問題はそれからだ。

まず同期生らに申し訳ないけれども、オリオン電機を退職するところから始めたい。続いて、未練は残るが、きっぱりと里奈を諦めること。今こそ方向転換を図るべきだ。織作綾から届いた和紙の手紙を改めて枕頭台の引き出しから取り出してみた。それを何度もひっくり返しては肌触りを愛《め》で、嗅いでみ、文章を読み返した。

……綾は明記した「やみがたい禍に耐え忍ぶことは尊い」と。これほど暖《あたた》か味のあるメッセージがあるだろうか……まるで天上からの神の声のようだ。……翻って、自分は宮仕えではなく職人、例えば和紙職人の道へ進むべきではないのか。思い起こせば、大学時代に陶磁器他、伝統工芸に関心を抱いたではないか。手先で勝負する世界、そちらの方が向いているような気がしてならない。どう思案しても、この際、想い人も職種も思い切って変えるべきなのだ。人生には清水《きよみず》の舞台から飛び降りる好機があるはずだ……これまでの拙速とか迷妄を振り払い、新たな決断や構想がまとわりつき、眠れぬ幾夜を過ごした。

見舞客がすっかり途切れた頃、オリオン電機の小谷常務がでっぷりと肥えた体躯を揺さぶるように入ってきた。彼の持ち出した良寛がどうの、禅の宗旨とかやらも半ば上の空で、長ったらしいお説教を聞き終えた。しばし間《ま》があって、謝辞代わりに、

――この度は残念でしたけど、却って夢は大きくなるばかりなんです。

と、ありのままの心境だけは伝えておいた。

体温を測りに来た看護婦が雪も解け始めたと告げた。それを耳にして、まだ綾に手紙の礼を言っていないし、と電話をかけたくなった。

ところが、電話を何となくためらっていたところ、彼女の方からミカンを持って訪ねてきてくれた。グレーのシルクジャケットを羽織り、相変わらず微笑を絶やさぬ面は白蓮のように、いや水仙のように見えた。彼女はミカンを剝き、一房ずつ口に含ませてくれた。

――あのぉ、言いそびれていたけど、温かいお手紙が身に染みてねぇ。それと思ったのは、あの和紙の封筒と便箋、色艶といい感触といい素敵だなぁ。大いに気に入りました。

――あ、和紙ですか……実はね、うちの親戚が越前で和紙を作ってるんです。あれがそうなんですよ。

ふと雪の降りしきる中で、職人が一心に紙漉き槽《ぶね》の木枠を操っている情景が想い浮かんだ。

――え、ご親戚が……。

「親戚」と聞いて、何かしら強い情念が走ったような気がした。

食後の服薬は続いた。傷ついた脳髄はどうなったのか知らされることなく、知る由もなかった。二回目のルンバール結果は不明のままで、頭重感は依然として取れなかった。

その日の回診で、初めて見る若い医師が近づいて来た。

――先生、僕の脳はどうなってるんですか？

医師は膝に腱打槌《けんだづち》を当ててから、

——しっかり経過をみましょうね。薬はきちんと飲んでください。それほど心配することないですよ。

何だかはぐらかされたような気になり、脳波測定などしないのかと疑問に思ったが、素人では如何ともなしえない。どこかに血腫ができて、いずれ何らかの後遺症に悩まされるのではないかと案じた。

或る日、窓際に居る、足を骨折したという、二十歳代の患者がインターホンで、

——きつねうどん、お願いします！

と注文した。おそらくナースステーションを通じて、病院前の大衆食堂から取り寄せるのであろう。やがて店員が岡持ちでうどんを運んできて、そいつをすする音を耳にするにつけ、無性に食べたくなった。それも、取り寄せるのではなく、自分の足で店まで歩いていきたくなったのである。別の日のこと、隣のベッドにいる中年男は松葉杖を突いていて、リハビリで泣き声をあげていたのに、威勢よく、

——玉子丼、一丁！

と、大声を上げて驚かされた。

昼間の六人部屋、外科の入院部屋には毎日、何人かの見舞客が出入りし、会話の声やらラジオの音でざわついている。某日の夜になって、病院中が静まり返る時を待ち、褞袍《どてら》をまと

い、財布を握りしめ、よろけるように病室を忍び出た。もし見つかれば咎《とが》められるだけでは済まないかもしれない。ささやかな冒険を試みた。誰にも気づかれぬようにと念じながら、薄暗い玄関ポーチを忍び出た。

雪はすっかり溶けていた。砂利を踏む音にびくりとした。前庭を五十メートルほど進んで、道路の斜め前に大衆食堂らしき看板がぼんやりと見えた。道路を横切れば「人丸食堂」の字が読めた。思い切ってガタビシのガラス戸を引き開けた。

――いらっしゃい！

店主らしい男の声がはね返ってきて、ねじり鉢巻きをした坊主頭が奥から顔を出した。浮浪者とでも見えたのか、ぎょっとした顔付きを突きつけた。

――きつねうどん！

ぶっきらぼうに言い放った。相手がこちらの気迫に怯んだ様をむしろ愉快に感じ、不敵な笑みさえ浮かべた。乱髪を掻きむしり、髭もじゃを捻《ひね》ってみせ、誇らかな気分になった。テーブルに就き、傍にあった地方新聞を広げてみたが、何も読む気にならなかった。世界の、我が国の、地方の情勢など知りたくもないのだ。女店員がきつねうどんを運んできて、昆布だしの匂いがした途端、母の手料理の懐かしさに煽《あお》られ、汁を啜《すす》って呻いた。だし汁の旨さに、うどんの食感にたまらず貪り平らげた。食い終わって、大きく吐息をついた。女店員がこちらの様子を窺っているのを目にして、ここへ綾を連れてこようと思いついた。

大衆食堂の潜入を敢行した蛮勇にほくそ笑んだ。幸い病院側に露見せず、密告者もいなかったようだ。入院して初の快挙と言えた。

その二日後に、散髪も清拭《せいしき》とか称する入浴も許可がおりた。更に退院の目途《めど》として、四月の初めでよかろうと告げられた。やれ嬉しやと、病院を通じ、職場と自宅へも連絡方を依頼した。早速、散髪屋の場所を確かめ、好天の日に出かけた。

徒歩で五、六分の所に散髪屋はあった。とにかく鏡を見るのが恐ろしかったが、そんなことなど言ってはおられない。虚勢を押し隠し、ざんばら髪を切り整え、剃刀を顔に当ててもらった。恐る恐る大鏡に近づいてみれば、両頬の傷はほとんど分からないまでも、顎には横に傷跡が残った。ただ、予想していたよりも目立たないので、ひとまずほっとした。何より有難かったのは、初老の理髪師が黙ったまま終始、微笑をたたえていたことだ。

いよいよ退院日を四月五日と決めてから、次の職業をどうすべきかについて真剣に考え始めた。理工系はダメだし、サラリーマン族も適していない。ならば、当初もくろんでいた通り、手に職を持つ職人の世界だろう。元々、伝統工芸に興味をいだいていたはずだ。この度の事故により、潜んでいた資質が目覚めたとみるべきなのだ。関心のあるものといえば、陶磁器、木工品、竹製品、刀剣、和紙、織物、楽器、染色等々がある。

……この男は一度死んだ。だが、新生が待っている。悲運に負けたりはしない。これは手厳しい通過儀礼かもしれないが、血塗られた朱い繭から羽ばたく時がきた。因果の因を改変して新たな航路を切り開く刻《とき》が到来したのだ。本来あるべき地点に戻ろう。そのために徹底して自分に正直に身を処さねばならない。人生の仕切り直し、三途の川の手前で生還を果たしたからには、神様の思し召しに従う方が賢明に違いない。

あの代理店の綾こそ神様の授けてくれた使者ではないか。やはり和紙作りを天職とすべきだろう。あれこれと思案すればするほど、彼女に紹介してもらって越前で修業に励むことが最善の道のように思えてならなかった。

三月も果てようとする頃、窓から見える樹々は芽吹き、確実に春の訪れを予告していた。小鳥の囀《さえず》りに耳傾け、野花に眼を楽しませ、晴れやかな天空からカンタータかオラトリオが聞こえてきそうな日が続いた。病院の玄関近くにある赤電話から戸田電機の綾へ電話をかけた。お陰様で退院日も決まり、折り入って相談したいことがあるからご足労願えないかと乞うた。すると、「まことにおめでたい、喜んで」と快諾してくれた。

翌々日の日曜午後三時頃、綾は病室を訪ねてきた。少し早いけれども食事をと「人丸食堂」へ誘った。鰊蕎麦《にしんそば》がいいと言うので自分も付き合った。散髪した顔をしみじみうち眺めて、彼女は「とにかく嬉しい、これほどめでたいことはない、退院のことは東野社長へはもちろん、京都の本店にも伝えておいた」と述べた。

——相談事というのはね、僕は一大決心をしたんだよ。この前、綾さんから和紙のこと、例の越前和紙のことを聞いて、これだと！　いずれ越前で和紙職人になろうとね。

綾という女性に賭けた瞬間だった。ハンカチで口元をそっと拭いた綾は眼を見張り、

——ほんとですか、瀬野さん……これはびっくりです。前向きな話ですね。

——ほんとです。越前の親戚とかおっしゃってたでしょ。この先、僕を紹介してほしいのです。そこでしっかり修業したいんです。

——ええ、それほどのご決心なら……お安い御用ですよ。凄い。

——お願いします。さんざん迷った末の結論なんですよ！

それから、当然ながらオリオン電機は退職し、退院しても予後にそれなりの日数を要するだろうこと、越前行きの件は後日詳しく打合せすることにしてとまで取り決めた。引き続き雑談となり、彼女は母に高血圧の持病があり、父は鉄道員、兄と姉があると打ち明けた。肝心の越前云々に関しては、こちらの素早い対応に半ば呆れ顔で頷いていたが、微笑を絶やすことはなかった。

飯屋を出て足を延ばし、橋の欄干に寄りかかり、海の方、下流に向かって並んだ。彼女は「赤レンガ倉庫とか舞鶴港を案内したかった」と言う。こちらも「なるだけ早く京見物へ連れて行くから」と応じた。

煌めく川面を眺めていて、いつしか或る旋律が、あのヴィヴァルディの「四季」のうち「春」の晴れやかな旋律が鳴り響いてくるのに身を任せているのだった。

その夜は異様な高揚感に寝つけなかった。花瓶のバラを何度も嗅いでは酔い、綾からの手紙を摘《つ》まぐり口づけた。真夜中に廊下を歩き回って当直看護婦に怪しまれる始末だった。

……この厄災を、大難を、悲運を無駄にはしたくない。負《ふ》を正《せい》にしてみせようか。禍福は糾《あざな》える縄の如し、というではないか。まさにこれだ。それと何より、綾は神様が授けてくれた天使とみなしたい。将来、あの女性が我が運命を左右するかもしれない。あるいは二次三次と通過儀礼の洗礼を浴びるかもしれないが、それでも構わない。なろうことなら、いずれ彼女を越前に招き寄せて二人で紙を漉き、世にも稀なる名品を完成させ、画材とか日用品で新製品を……それこそ歓喜の叫びを、生命と官能のクレッシェンドへ……夢想はとめどなく羽を伸ばしていった。朱い繭から蝶は羽ばたき、青空へ飛んでいく……。遥か遠くから聞こえてきたのは、ギターの「禁じられた遊び」から「アルハンブラの思い出」と続き、そして「トッカータとフーガ」へ……あのパイプオルガンの壮大豊麗な音響は次第に大きくなり、徐々に消えていった……。

退院日には母一人、着替え用に絣《かすり》の着物を持って迎えに来てくれ、今日は先勝《せんがち》だと言う。タクシーで西舞鶴駅に赴くと、改札口に戸田電機の東野社長とローズのプルオーバーを着た綾が待っていた。すぐさま二人を母に紹介した。すると綾が、

──織作と申します。おめでとうございます。今日はいいお天気で。

と挨拶した。社長はにこやかに握手を求めてきた。重ねて礼を述べると、「いずれ全快祝いに舞鶴で飲みたいものだ」と漏らした。

プラットホームで綾を手招きして、記念にと小鈴を鳴らしながら手渡した。興奮のあまりか砕けた口調となり、

──いろいろありがとう。感謝、感謝！　近い内に嵐山の桜を見物しよう。案内するよ。また連絡するからね。

綾ははにかむように頬染めて「嬉しい」と呟いた。

列車が近づいてきて、彼らと手を振って別れた。座席に就いた母は両手を握りしめ、

──良かったね、ほんとに良かった……。

と笑いかけた。つと母の指差した車窓に、山裾の桜並木が眩しく陽光に照り映えていた。

銀の夜

微風も途絶え、闇は螢を解き放した。それは裏の竹藪から飛び立って、緩やかな曲線を引いた。庭の床几に座っていた利子《とし こ》は段々畑の一角を指さして、何やら甲高い声をあげた。すると、守《まもる》少年は素早く渋団扇《しぶうちわ》をひっつかむや、牛小屋の前を駆け抜け、表の道へ跳び出していった。

螢はどうやら小川の方へ向かっているらしく、守はすぐさまその光跡を見つけた。川に至る細道を辿りつつ、時には立ち止まって、その光点を見失うまいと眼を凝らした。それは次第に道から逸《そ》れていき、いつの間にか闇にかき消えてしまった。

にわかに蛙の鳴声が湧き、青田の臭いが立ち上ってきた。左手前方に見える柳田家の灯りは仄かに、川から山裾にかけ村の家灯が点々と散らばっていた。不思議に闇への怖れは薄らいで、守は歩速を緩めつつ悔し気に雑草をひきちぎり、いっそのこと川まで行ってみようかと思った、あの畔にはきっと螢の宿があるにちがいないと。

その道を左折すれば柳田家に達し、直進して小川の石橋を渡れば蜜柑山に続くが、東側には墓地がある。その時ふと、守は志織《しおり》のお姉ちゃんに会えるかもしれないと左への道をとった。

やがて長屋門に近づき、恐る恐る忍び行って母屋の方を覗いてみた。内庭に面して座敷から灯りが漏れ、風鈴の音は聞こえても、人影は見えなかった。諦めて門前の蓮池を覗き込み、振り返ってみれば暗い青田に螢が一匹飛んでいた。もっと群れをと煽《あお》られて、右手の畦道を突き進んだ。すると、微かにハーモニカの音色が聞こえてきた。川の畔に所々、竹笹が密生していて妖怪じみ、石橋の向こうの畦道に小さな火が点っているので足を止めた。

男がハーモニカを吹き、女がロウソクを持っている。誰だろうと笹の葉に隠れて、胸の鼓動を抑えかねた。大好きな「月の砂漠」が流れ、炎が二人の顔に近づいた。柳田家の志織と従兄の謙太郎《けんたろう》だ。

二人は見つめ合い、何か語り合っていたが、程なく背後から、

――志織ィ、志織よおォ！

と、呼ぶ声が何度もした。ロウソクの火が吹き消され、二人は裏の蜜柑山の方へと闇に紛れてしまった。その声もはたりと止み、暗い葉陰に螢火が宝玉のように連なり明滅していた。

武村守の父健三は昭和十三年七月、日支事変に出征したが、半年後に北支で戦死し、母の智恵《ちえ》と姉の真梨《まり》も太平洋戦争さなかの昭和二十年二月、本土空襲の際、共に焼夷弾を受けて

焼死した。守はその時たまたま友達の家へ遊びに出ていて難を免れたのだ。戦争孤児となった守はただちに母の親元である小堂家に引き取られた。それは、敗戦の年、彼の小学校一年生のことであった。

小堂家は瀬戸内のA島にある農家で、少し離れた山岳地には戦国時代の城砦《じょうさい》がある。往昔、秀吉軍に攻められ落城して小堂家も柳田家も落ちぶれたとか、とりわけ柳田家は城主か家老職の末孫だという。小堂家の祖父俊介《しゅんすけ》は中国から復員した元軍人で、働き者の農夫だが、祖母は若くして病没、伯父は胃癌で亡くなっていて、その妻の秋江《あきえ》に一人息子の謙太郎と利子が残された。幼い居候となった守はもっぱら利子が遊び相手だった。謙太郎は父を失ったせいで、中学卒業後は進学を諦め農事に専念することになった。彼は守を実の弟の如く遇《ぐう》して、しばしば牛と共に田畑へ連れていき、山野で樹の実を採ったり、野池での釣りや水泳を教えたりした。

守にもはやこの世に身近な肉親がいないとなると、ふと思い出したように寂しくなることがあった。父の顔は覚えていなかったので、さほどでもないが、母や姉、とりわけ姉の真梨と慣れ親しんでいただけに、その死の衝撃は隠微なまでに尾を引いた。彼女は、守にとって母親以上に頼るべき、優しい庇護者だった。

空襲でアルバムは焼けてしまったが、守の記憶に焼き付いた姉の顔は微笑んでいた。当時、彼の腕白ぶりは近所で評判だったらしく、悪戯をはたらいては謝ってくれたのはいつも姉であった。また寝る前に「月の砂漠」ほかの童謡を歌ってくれ、童話を聞かせてくれた。敢えて言えば、彼にとって姉はこの世で初めての、慕ってやまない女であったかもしれない。小堂家に預けられて二年経ち、三年過ぎても、彼は我が身を憐れんで、布団を被り咽《むせ》び泣くことがあった。

守は近くの小川でのドンコや蟹《かに》捕りにかまけた。一人の時もあったし、二歳年下の利子、あるいは同級生の仙太《せんた》と連れ立つこともあった。その行き帰りに柳田家の一人娘である志織をしばしば見かけた。彼女はバスでS市の高校に通っていたから、たいていセーラー服姿だったが、時には野花を摘んでくれ、村に二台しかないというピアノの弾き語りで「荒城の月」とか「赤とんぼ」を歌ってくれた。

小学五年になって、守は或ることに気づいた。彼女がどこか姉の成長した姿と見紛い、やや切れ長の一重瞼と口元が似ているような気がしてならなかった。瓜実顔《うりざねがお》で長めの髪、もの思わし気に、どうかすると唇を薄く開いて何かに見惚れている風に見える瞬間もそうだった。

学校帰りに、志織とその母親の寿々代《すずよ》が蓮華《れんげ》摘みをしている場に出くわしたことがある。と、寿々代が手招きしてくれた。守は嬉しいような、気恥ずかしい気持ちにさせられながらも、蓮華畑に入っていった。すぐさま志織が花輪を首に掛けてくれた。

――まあちゃん、よう似合うぞなぁ。

寿々代はそう言って笑いかけた。照れくさそうにお辞儀をすると、花の香りがした。守は志織が蓮華を嗅ぐ仕草や白蓮華を見つけては奇声をあげながら駆ける姿、器用に動き回る、その柔らかそうな、皓《しろ》い手、そして耳朶《みみたぶ》や髪の生え際の青白い肌に見惚れていた。無性に嬉しくなり、花畑に何度もでんぐり返しをして彼女らを笑わせ、面白がらせようと躍起になった。精一杯おどけて見せては満ち足りた気に浸るのだった。

その日から彼は志織という姉に似た娘にこだわるようになったのである。あの螢の夜に盗み見た謙太郎と志織……ハーモニカとロウソクの情景は鮮烈で、二人が仲良しだと初めて知った。ただ、自分も何とかして彼女を楽しませ、喜ばせてやろうという気になった。

夏休みに入ってほどなく、会いたさに柳田家を訪ね、思い切って裏の小川へ行かないかと誘ってみた。彼女は気軽に請け合い、風呂敷に何やら包み込んだ。守は勇んで水を蹴散らし、擦り切れた、紺色の半ズボンを濡れるに任せ、体色の透き通った川海老やドンコ、小蟹を巧みに掬《すく》い捕《と》っては彼女に見せた。すると、空色のワンピースの裾をつまんでしゃがみ込み、

――まあちゃん、お上手やこと！

とか大げさに褒め上げた。自らも川底をまさぐろうとするのだったが、どうしてもうまく

いかなかった。水中では肌の色も異様な皓さを際立たせて、彼女の手足の指が陽光に映えた。蟹も捕まえられないと諦めた彼女は石橋の陰で、風呂敷に包んできた桃を洗い始めた。

川の中を歩いている限り汗などかかなかった。守が岸に上がっていくと、彼女は真っ白なハンカチを水に浸して絞り、彼の顔とか首筋を丁寧に拭いてくれた。その冷んやりとした心地よさに薄目を開けて、彼女の眼や唇を見詰めていたものだった。

或る日、その夜は天神村の速玉《はやたま》神社境内で、青年会主催の映画会が催されることになった。夕食後すぐに、守と利子は浄栄寺《じょうえいじ》の息子の仙太とその友達二人と連れ立って、神社に向かった。境内には早々と村人たちが詰めかけていて、正面に竹竿を立て白布を張ってスクリーンとし、客席には茣蓙《ござ》を敷き、周りを立ち見が取り囲むという按配になっていた。

上映時間まで少し間があったので、守たちは退屈まぎれに隠れん坊に興じた。観客の間に紛れこんだり、神社の裏手に回ったりした。その内に狛犬の陰に隠れようとして、浴衣姿の志織が人待ち顔に佇んでいるのに出くわした。彼女は守に気づかず、団扇片手に鳥居の方をしきりに気にしている様子だった。

鬼に見つからぬ内にと、守は人混みに潜《ひそ》んだ。映写機が回りだすや、彼は立ち見の前に出た。青春ドラマで「花」なんとかの題名は読めず、内容も飲み込めず、すぐに嫌気がさしてきた。それより志織のことが気がかりで、その場をそっと離れた。

志織は左手にある石灯籠の前に立ち、隣に謙太郎が甚平姿で彼女に向け、団扇をそよがせていた。守は背後から声をかけようとしてためらい、しばらく二人を窺《うかが》っていた。いつの間にか彼女が謙太郎の片腕にとり縋るような恰好になっていたので、妬《ねた》ましくてならなかった。守たちは映画の半分も見ぬ内に蚊に噛まれて居たたまれず、神社を出て散髪屋、自転車屋と通り過ぎ、四ツ辻にある駄菓子屋で青いアイスキャンディーを買ってむしゃぶりついた。そのまま帰ろうとしたところ、利子が、

――うち、まだ見たいから帰らへん。

と言い張るので、一旦は鳥居をくぐったものの、守は社殿の床下に寝そべっていた野良犬をいじめたり、地面に絵を描いたりして退屈しのぎをしたのだった。

映画会から帰宅した守は、青年会の役をしているらしい謙太郎がなかなか戻ってこないので何度も表の道路に出ていった。縫物をしていた秋江が不審がり、

――どこ行っとったんな？

と問われて守は、

――神社でやった映画見てきたんや。謙太郎兄さんはなぁ、志織さんと手つないどっとらよ。

などと真正直に喋ってしまった。すると、祖父の俊介と秋江は顔を見合わせ、

――やっぱりそうか……あいつは怖いもん知らずじゃ。お姫さんとつきあったりしてよ。

俊介は呟いて、入れ歯をぞろりと外すなり風呂場へ、秋江は井戸端へ水汲みにと裏口から出て行った。「お姫さん」と呼ぶ言い方が分かりかね、何度も胸の中で繰り返していた。

庭の床几に腰かけてトマトをかぶりつつ、葡萄《ぶどう》棚に朝顔が絡まって、蜘蛛《くも》の巣が張り巡らされた隙間からわずかに星を数えた。いつしか志織の弾くピアノと童謡の歌が蘇ってきた。利子ととりとめのない会話を交わしていても、何かしらやるせなさと苛立たしさは拭えず、コップに石鹸《せっけん》水を溶かし泡立てて、麦藁でシャボン玉を夜空に吹き放つのだった。

その夜晩く、俊介と謙太郎と言い争う声がひとしきり夜気を震わせた。しばらくして誰かがバタバタと立ち去る足音がしたかと思うと、後には何も聞こえなくなった。

土間続きの板の間に昼寝をしていた謙太郎は起き上がり、守に向かって、

――志織さんがな、今晩やけど線香花火せんか言うとるぞ。仙太も呼んで行ってみよか。

と言った。早速、寺の仙太へ伝えに行き、利子にも声をかけておいた。夕暮れ時になって、謙太郎は得意のハーモニカを携え、それぞれ浴衣を着こなして柳田家の屋敷に赴いた。土塀に囲まれた広庭に大きめの床几が二台、志織の両親と共にお手伝いをしているという小母さんも加わり、次々に線香花火にマッチで火をつけていった。

手花火は火花にはじけ、柳状としだれ、小さな火の玉となってぽつりと落ちた。五束の花

火も尽きてしまうと、志織の父親喜平《きへい》が夜空を指差した。天の川や北斗七星、アルタイル、それにペガサスとか鷲とか星座の名を次々と教えてくれたのに覚えきれなかった。

喜平は子供らに説いた。

――例えばシリウスという星がある。あの光は何年も前の光でな、今そいつを見とるんじゃ。星に見られておると思とけばええ。昼はお天道《てんと》さん、夜はお月さんやお星さんに見られておるとな。それに、ご先祖さん、死んだ人からも見られておるぞ。みんなつながっておるし、悪いことはできんのじゃ。

その話を聞いた守は……星が見ている、星に見られているのか……空が見ている、空に見られているのか、空には眼があるのか、空の眼……などと胸の内にくりかえしていた。

風鈴の澄んだ音がした。謙太郎の手にしていたハーモニカに気づいた寿々代が、

――謙さん、あれ吹いてくれっか、私の好きな「浜辺の歌」よ。

――わしは「スターダスト」がええな。

喜平が混《ま》ぜ返した。瑕《きず》のあるハーモニカだが、謙太郎は舌で伴奏も入れるほど巧みだった。村では小堂家に芸達者が二人、と噂された。俊介の浄瑠璃と謙太郎のハーモニカである。

軽く頷いた謙太郎は「浜辺の歌」、次にラジオで聞き覚えたとか、美空ひばりの「越後獅子の唄」を吹き始めるや、すかさず志織が唱和した。その声はか細くとも澄み切っていて、

夜陰に染み入るばかりだった。歌声に聞き惚れ、眼姿に見惚れつつ、守は歌詞の中に「みなしご」云々と聞き取った。喜平の言うように、戦争で死んだ親や姉からも見られているのかと思うと、滲んでくる涙を必死に堪《こら》えた。

守は淋しさ、悲しさを振り切るように、

——ぼくの大好きなんは「月の砂漠」や。「月の砂漠」吹いてほしい！

と言い放つなり、両手で顔を覆ってしまった。

朝から曇りがちの日、謙太郎はさほど暑くならないからと、守を魚釣りに誘った。勇んで庭の片隅にあるゴミ捨場を掘り起こし、シマミミズを餌箱に収めた。竹製の釣竿を肩に、謙太郎に先導されるまま、一山越えて、周りに葛《くず》の密生する野池に着いた。謙太郎は「ここは穴場じゃ」と漏らして、鮒《ふな》を次々と釣り上げ、守を驚かせ悔しがらせた。一向に釣れないのは、浮子下《うきした》の調整を間違えたり、折角の魚信にうまく合わせられないからだ。喉が渇くのを我慢し、せめて一匹だけでもと焦ってきた。と、真っ赤な浮子が一瞬、水面からかき消えた。すわっと竿を引き上げた途端に、掌がずしりと重くなり、道糸が横走りするではないか。

——かかった、かかったぞ！

守は叫んで、なおも竿を思い切り上げようとした。獲物は深みへ逃げようとしているのか、手ごたえがもの凄く、思わず謙太郎に救けてもらおうと振り向いた。

――鯉か、大鯉じゃ！

謙太郎が駆け寄ってきた。守がもう一度力を込めて竿をしゃくりあげた時、糸はぷつんと切れてしまった。

――ああ、無理して引っ張ったらあかんのや。惜しいことしたな。

大物を取り逃がしてしまい、すっかり釣る意欲を無くした守は仕掛けを取り換えようともせず、その場に座り込んでしまった。たちまち不機嫌となった謙太郎は、魚籠《びく》の鮒を池にぶちまけて、

――おまはんはあかんたれやの。もうやる気ないんやな、やめにするか。

と言い捨てて、釣具をしまい、さっさと来た道を戻り始めた。慌てた守は半泣きになって追いかけ、暑さで汗まみれになりながら小走った。

――なぁ、喉が渇いてたまらんわ。謙兄ちゃん、もっとゆっくり歩いてくれよ。

――それやったら、ええとこへ連れて行ってやる。ちっとばぁ辛抱せぇ。

田の面《も》に燕《つばめ》が飛び交い、どこかの谷間で夏鶯が鳴いている。

――あの逃げた鯉、どないして生きていくん？

――ほんなこと知らん、口に鉤《はり》つけたままやから、たぶん死ぬやろな。

——釣った鮒、なんで持って帰らんの？

——うるさいなぁ、あんなもん食えるかぁ。

蝉の鳴き声が遠く近くに響いた。小道は次第に登り坂となり、守は無性に腹立たしく息苦しくなって釣竿を捨ててしまった。ぶつぶつ不平をこぼしながら、ふと気がつくと、そこは柳田家の蜜柑山だった。熊蝉がうるさいほど鳴きしきっている。夏蜜柑が黄色く実り、樹の下をくぐる内、謙太郎は無造作に蜜柑を二つもぎとった。やがて頂上近く平地にある作業小屋の板戸を開けて入った。畳二枚ぐらいに茣蓙を敷きつめ、片隅には小型の石仏と鉦《かね》、花筒、鎌や鍬《くわ》、縄などの農具に新聞紙、蚊取り線香なども置かれている。謙太郎の差し出した蜜柑を剝き終えむしゃぶりついた。あまりの酸っぱさに顔をゆがめ、謙太郎の方は種を吐き散らして片肘を突いた。

——三年前やったかな、この蜜柑畑の手伝いに来ての。駄賃もろたことあるんや。これ黙ってとったら怒られるけんどな。ここはお城の鬼門になるとかいうて、外に石が敷いてあるやろ、昔からお祓《はら》いなんかしたりして、しょうむないことやで、フッ。

——キモン、て何のこと？

——鬼門いうたらな、鬼の来る方角やて言われてる。魔物の出入り口、そんな迷信なんてあほらしいいうたら……今時なぁ。

と、苦笑して鉦一つ叩いた。

夏蜜柑を食べ終え、二人は外に出た。いつの間にか陽は照ってきて、眼下の県道を木炭バスがよろよろと天神村の方へ走っていた。麓に柳田家の大屋敷がどっしりと、やや左手に小堂家の藁屋根が見えた。山を下りる途中で、枝にぶら下がった蟬の脱殻を幾つもむしり取った。謙太郎はどこやらの畑にも立ち寄り、まだ青いトマトを齧《かじ》っては捨てた。柳田家に至る道を避け、遠回りして家に戻ってきた。

何度も雷が鳴り、稲妻が天空を切り裂いた。雨曇が村を舐めるように通り過ぎていった。にわかに土の臭いと草いきれが混じり合った。守は表の道路に出て向山か城山のどこかに雷が落ちたのではないかと眺めた。恐ろしくなり、台所の火床《ひどこ》に上がり気を紛らせていると、叔母の秋江が、

――雷の鳴った日にゃ、よう火の玉が飛ぶんよ。冬の方が多いかもしれんけど。

と、囁いた。彼は怖くなり、夕食を済ませてすぐに蚊帳に潜り込んだものの、頭が冴えてならず、所在なげに団扇をばたつかせていた。しばらくして、仏間の方から、鉦《かね》の音が鳴り、俊介の浄瑠璃を語る唸り声が湧いてきた。

守は火の玉の話を聞いて、母と姉の祀られた墓地の彼岸花の群れや「ナムダイシヘンジョウコンゴウ」とやらの読経を思い起こし、小川での水遊び、志織の青白い足首、逃げられ

た魚の手応え、夏蜜柑畑の小屋のことなど次々と浮かんでは消えた。油蟬の幻聴に悩まされ、謙太郎と話したくなって奥座敷を覗いてみたが居なかった。ふと、あの小屋は二人の密会場所になっているのではないかと胸がざわついだ。台所の火床で寝そべっていた白猫のチロを蚊帳の中へ引っ張り込み、抱いてみた。傍で誰かが自分の名を呼ぶ声、囁くような声に、うっすらと眼を開けてみるのだった。

昨年あたりから、謙太郎と志織の仲は村の噂になった。彼は早くに父親を亡くしていたので、一家の跡取りとして農仕事にいそしみ、彼女の方は彼と同じ小中学校を卒業後、バスで島の高校に通っていた。村ではご先祖の身分が云々とか旧弊で保守的な遺風は根強く、両家の親も家格が似つかわしくないとして、彼らの交際を認めようとしなかったのである。

しかし、謙太郎はこの点について至極あっけらかんとしていた。まるで親の思惑など眼中に無いごとく、志織を屈託なく誘惑し、快活に話しかけ、彼女を大いに笑わせ、楽しませた。一方、彼女も彼のことを闊達な若者で、憎からず思っていたのか、家人の眼を盗んでは会っているようだった。守からすれば、志織に早世した姉の面影を重ねるばかりで、小川への行き帰り、柳田家の庭をのぞき込まずにはいられなかった。

四つも五つも年上の謙太郎に対し、何事も敵《かな》わないのは当然のことだったが、守にすれば悔しくてならなかった。駆け比べや草履編みはもちろん、池の魚釣り、カラス貝取りも、山野でのアケビや蕨《わらび》、茸採りも及ばない。ただ一つ、負けないことといえば絵だった。学校の先生にいたく褒められ、何々コンクールで金賞を貰ったこともある。気の向くままに村の風景や牛、山羊、猫などの動物、草花の水彩画、同居する全員のスケッチも濃い鉛筆で描きあげた。三月前のこと、あの志織姉さんの顔を想像しながら描いた水彩画を誰にも見せず小机の引出し奥にしまいこんだ。自分は将来、絵描きになるんだという夢さえ抱いたほどだった。

その日、守が納屋で秋江に頼まれ、縄縫いをしていたところへ、仙太が訪ねてきて、

——泳ぎに行かんか、お寺の下の池な。

と誘いかけた。刷毛《はけ》で牛の世話をしていた謙太郎が聞きつけ、利子も行きたいと言い出した。近頃はヤンマ捕りも蟬捕りにも飽きてしまい、かと言ってキリギリスは曲者でお手上げだった。池泳ぎなら宿題の絵日記にできるし、暑苦しさも免れると即座に応じて、みんなで出かけた。

坂道から折れて田んぼ道を辿り、瓢簞《ひょうたん》型をした溜池に着いた。守は去年から平泳ぎと犬掻きをこなせて、素潜《すもぐ》りにも挑んでいた。仙太に負けじと、これ見よがしに平泳ぎをして見せた。すると、謙太郎は坊主頭に奥眼をにやつかせて、

——ほんじゃ、この池の端から端まで狭い所な、潜って見せてくれ。いっと狭いからいける

やろ。

と試しにかかった。

――これぐらいやったら潜れるわい。

守はむきになって褌《ふんどし》の紐を締め直した。池を半周して対岸にまわり、謙太郎も半身を水に浸かって待ち構えた。よしやるぞとばかり思いきり息を吸い込んで水中に潜った守は無我夢中で水を掻き蹴り進んだ。もう足の立つ地点だろうと爪先を池底に下してみたのに届かず、慌ててもがくも息が続かなかった。浮上してあっぷあっぷと悲鳴をあげた。素早く抜き手をきって近づいてきた謙太郎は守の片腕をつかみ、浅瀬まで一気に引き寄せた。岸辺に這い上がった守はその場にへたり込み、水を飲んだらしく少し咳込んだ。

――やっぱ無理したらあかん。まだ無理やな。

謙太郎は守の肩を軽く叩いた。潜った辺りを見やって、守はてっきり真っ直ぐ進んだつもりが、右へ逸《そ》れていたのかと悔しがった。仙太を見ると、クロールを巧みにこなし、水を掛け合って利子と戯れている。危うく溺れそうになった、妙に見栄を張ろうとして罰があたったのだとベソをかいた。

帰宅し、風呂場で体を洗った守は火床で居眠りしてしまい舟をこいだ。秋江が夕食の支度にとりかかって、

――まあちゃんよ、火床の番頼むぞな。

と声をかけてきた。火床は彼にとって願ってもない安息の場所だった。焚口《たきぐち》は三つあり、左端は飼牛の餌用、真ん中で御飯を炊き、右端は味噌汁などの煮物用にする。まず麦藁とか枯れ松葉を焚付けにマッチで点火し、木切れを按配しつつ燃やしていく。

風呂焚きもそうだが、火を熾《おこ》し、炎を見るのは或る儀式のようなものだった。それはひたすら燃え続けよと念じたくなるほど、親兄弟のない我が身を慰め、元気づけてくれる活力源のようなものだった。炎をあげて燃え続ける木の爆《は》ぜる音は快い伴奏となった。顎から汗を滴らせ、火吹竹で風を送れば、炎の舌が復讐するかのように彼の眼に煙を染み入らせた。それに魅せられていると、この火の力を見習えとでも励まされているように感じた。

火力が強すぎることがあっても、秋江はお多福顔に添えて、

――火のまわりの早いこと、おまはんはうちで一番じゃ。

などとお世辞を言った。彼はおだてられて嬉しくなり、枯枝を膝頭で折り、焚口に勢いよく突っ込めば、燃え木は景気の良い音で応《こた》えてくれるのだった。

照る日曇る日はともかく、たまに雨の降る日など、守らが室内で遊ぶことといえば、絵日記をつけたり、木偶《でこ》遊びとか綾取り、折り紙の類で、本箱の扉は潰れかけ、絵本とマンガ本

は四冊しかなかった。それらにも飽きてしまうと、次は納屋で隠れん坊をした。牛小屋の隣にある納屋には唐箕《とうみ》、縄縫機のほか様々な農機具がひしめいていて、何より面白いのは藁山だった。この弾力性に富み、うずたかい藁の山は子供らにとって恰好の暴れ場所、隠れ場所になるからだった。

鬼の役は屋外に定位置を決めておき、両眼を手で隠すところから始まる。その日は謙太郎も気安くよせてくれというので、近所の子らも加わり総勢六人となった。お互いに鬼になり、隠れ子になり、藁の上で跳びはねては隠れ、忍び笑いをこらえていたところへ、折悪しく俊介がずぶ濡れになり、牛を追い追い帰ってきて見つかった。

――ガキャクソ、こんなとこでほたえくさって！

俊介の剣幕に追い立てられ、みんな一斉に逃げ散った。守は仙太と共に井戸端の方へ走り去ったが、謙太郎は素早くどこへやら、夕食時になっても帰宅しなかった。日頃から俊介と志織のことでいがみ合っていたので、ひどい口論になるのだろうと想像できた。俊介は枝豆と目刺しをアテにしてコップ酒をちびりちびり、眼をぎらつかせてものも言わなかった。

守は謙太郎の行先は柳田家ではないかと睨んだ。雨も上がり、辺りが暗くなるのを待ちかねて忍び出た。半ズボンは薄汚れ、シャツは汗まみれのままだった。田んぼ道を柳田家に向けて小走った。夜に駆けることの奇妙な快感にまみれて、昼間より速く走れるような錯覚にとらわれた。

長屋門に達して、にわかに胸の高鳴りを覚え、そっと内庭をのぞいてみると、火箸の風鈴の音が微かに聞こえ、縁側で簾《すだれ》越しに志織が両親と語り合っていた。だが、謙太郎が立ち寄っている気配はなかった。当てが外れ、半ば安堵しながら、志織の浴衣姿を身じろぎもせずに盗み見していた。そこがまるで実の父母が居て、姉も存命している我が家の団欒のような気がしてきた。明々と灯りが点り、談笑が絶えることなく、お互いの気心の通うような甘やかさと和やかさをたたえた雰囲気に惹かれて、彼はふらふらと近づいていった。

最初に気づいたのは志織で、

——あっ、まあちゃん、こんばんは。どないしたんな?

彼女はすっと立ち上がり、下駄を突っかけ庭に降りてきて、濡れた床几を雑巾で丁寧に拭いた。

——こんな夜さりに、何ぞ用でもあるんけ?

次いで寿々代が簾を上げて顔を覗かせ、

——お腹でも空いとりゃせんかいの、こっちおいでよ。

彼は妙にふくれっ面をしたままかぶりを振り、

——ううん、ピアノ弾いてほしいねん……。

――えっ、ああ、ピアノかいな……。

寿々代がこれ食べんかと西瓜を大皿に盛って、床几まで運んできた。井戸水で冷やしたという西瓜にかぶりつき、冷たさと甘さが口一杯に広がった。果汁が口辺を濡らすので、フォークでと促されても貪り食う内に気分も和んできた。

――昼間、謙兄ちゃんがな、おじいちゃんと喧嘩して家に戻らんかった。

と、気になる出来事を明かした。志織は驚いた顔つきで、

――ほうか、戻らなんだんか……。

――……ここへ来とると思た。

――いや、ここへは来とらんよ。

志織はきっぱりと応えて、果肉にフォークを入れた。

――謙さんのことやから大事ない。おおかた友達の、ほれ、青年会の松方さんいうたかいな、会長の家にでも隠れてんのやろ。

――ちょっとのことで喧嘩になるんや。

――あのひとも一本気なとこあっさかいにな、すぐかっとなって、荒っぽいこと言いはするけんど、根はいいひとやよ。かたやおじいさんもおじいさん、片意地なとこあっさかいにな、そないになってしまうけど、なんも心配することないから。喧嘩になったら、仲直りできる

ようにお祈りしましょ。

どこかの先生が生徒に言い聞かせているような口吻《くちぶり》で、守は彼女の唇の開き具合や濡れ具合を見詰めていた。西瓜を食べ終えた彼女は奥座敷の方へ消え、しばらくして聞こえてきたのは「トロイメライ」だった。

暑さ凌《しの》ぎに小川で水遊びをしたり、野池で泳いだりしたが、それらにも飽きてくると、時には東の村はずれにある秘密基地に出かけた。丘全体が脆《もろ》い砂礫《されき》層でできていて、絶えず崩落を繰り返していた。そこいらの木切れで簡単に穴が掘れた。ひと二人分ぐらいの穴にひそみ、湿った砂の冷気に浸るのだった。

その日、守は利子と共にキリギリスの鳴きしきる夏草の畦道を進んだ。棒切れでヒメジオンを薙《な》ぎ倒し、猫じゃらしを摘み、イトトンボやバッタを追いかけた。砂礫の崖に着くと、首に滲み出る汗をそのままに、イタドリを剥いて食べた。以前に仙太と掘った空洞を更に大きくした。裸足《はだし》になって、二人並んで寝転《ねころ》がってみた。背中が冷んやりして心地よい。猫じゃらしで顎周りをくすぐり合って笑い転げた。

——この穴、崩れるかもしれんぞ。

——こわいよぉ、まあちゃんよ、おどかさんといて。

利子は起き上がり、

――まあちゃん、おまんまごっこしょうか。うちがお母ちゃん、まあちゃんがこども。ごはん炊いて、なすびの味噌汁つくって、おかずつくって……。まあちゃん、なに食べたい？

――それよりな、お医者さんごっこのほうがええ。そのほうがおもろいし。

――どないすんのん？

――二人とも裸になってな……。

――裸なんて、うちいやや、はずかしいもん。

と、くりくりした眼で口を尖らせた。守は木切れを振りかざして脅すように、

――ほなら、この穴崩したる。こうしてなっ。

棒切れを入口の際から思いきり突き立て崩し始めた。利子が悲鳴を上げて外へ逃げだしたのに、構わず意地になって掘り進めた。

――やめてよ、そんなんしたら、兄《に》やんに言うたる。言いつけたる！

――アホ、言うたらあかん、言うな！

入口付近がザザッと崩れだし、彼の頭に砂粒が降りかかった。慌てて穴から飛び出したものの、顔は引きつったままだった。わっと泣き出した利子をなだめ謝りつつ、騒がしい蟬時雨の中、わざわざ遠回りして柳田家の蜜柑山に忍び込んだ。夏蜜柑ひとつもぎ取って利子に

与え、

――兄やんに言うなよ。

と、何度も言い含めるのだった。

それ以来、守は秘密基地でのことが発覚するのではと怖れた。以前に、玩具のオハジキがどうのこうのと、つまらぬことで利子と喧嘩となった際、彼女がふくれっ面をしたかと思うと「町へ帰れ！」と突き放したことがある。帰れる所などあるはずもなく、この一言に傷つき、ひどく怯えていたのだ。日頃から小堂家の家族には逆らうまい、怒らせまいと、子供心にも気を遣っていたのである。秘密基地で利子と衝突しかけて「町へ帰れ！」の脅しがいつ発せられるのかとその後も気になって仕方がなかった。

謙太郎が毎朝、日課にしている牛の餌やりとか草刈りなど、しばしばやらなくなったと俊介が秋江にこぼすのを耳にした。盆が近づくにつれ、仏間から頻繁に読経が流れ、線香の匂いがきつくなり、灯明も一段と明るくなった。夜になれば、必ず俊介の浄瑠璃練習が始まった。守の耳に焼き付いたのは「ととさんの名は阿波の十郎べぇぇ、かかさんの名はお弓と申しますぅ……」という、ふり絞るような声色で、利子の前でわざと真似てみせては笑わせるのだった。

その朝、秋江は守を呼び寄せ、墓参りに行くと告げた。利子は線香を、守は樒《しきみ》を持たされた。

——謙太郎はどないした、どこ行ったんや？

俊介の問いかけに、秋江は声を落として、

——今朝は牛出して、草食わしに行っとらよ。墓参りせんつもりやろ。ひょっとして、あの子に狐ついとらにゃええけんど……。

などと、呟いたきりだった。四人は柳田家の横手を通り過ぎ、小川を渡り、段々畑の畦道を何度も曲がりくねって、雑木林の南端にある墓地へと向かった。登り坂で息を切らした秋江は二度足を止めて腰をたたき、ようやく小堂家の墓前に着いた。線香と樒が供えられ、聞きなれた「ナムダイシヘンジョウコンゴウ……ナムハンダラジンハラバラタヨオンゴン……」の経文が唱えられた。

熊蟬、油蟬の鳴き喚く中、両手を合わせた守はこれらの墓石の下に母や姉が葬られていることなど信じられなかった。大小の墓石に卒塔婆、五輪塔などが薄気味悪くてならず、蟬の抜け穴から出入りする山蟻を次々と踏み殺していった。

その日も夕立があって、ひとしきり稲妻が天空を切り裂いた。彼は家の前の道路に立ち、昼間お参りした墓地のあたりを眺めた。秋江に聞かされた人魂《ひとだま》が出ないかと確かめたかった。

程なく山裾にかけ農家の灯りが点りだし、より近くに柳田家の灯が明るい光を放った。いくら待っても青白い妖光など現れそうになく、家に戻り火床に上がってチロを抱きかかえ、小声で口ずさんでみた。

♪通りゃんせ　通りゃんせ
ここは　どこの細道じゃ
天神さまの　細道じゃ
……

その頃から俊介と謙太郎のいがみ合いは日常茶飯のこととなった。何が原因かといえば、やはり志織との交際の一件で、

――家の血筋からいうてもや、合わんのはあたりまえやろが……。

――血筋なんぞあてにならぬわ。好きになったがなへ悪いんじゃ、この古狸！

――ようも言うたな！

――なんぼでも言うたるわい。若いもんの気持ち分からいで、大《おお》けな顔すんな！

――おまけに、お相手は一人娘やないか……。

——一人娘であろうが、一人息子であろうが、それがどないしたちゅうねん、関係ない！

二人はこの一点張りに終始、最後は俊介が怒鳴りつけ、時には湯飲茶碗を投げつけたりした。慌てて仲裁に秋江が入っても埒《らち》が明かず、遂には謙太郎が捨て台詞《ぜりふ》を残して、どこへともなく姿をくらますことが多い。俊介は小柄ながら働き者で律儀、父親のいない謙太郎を厳しく躾《しつ》けるようなところがあった。守につらく当たることはなかったものの血走った眼球が怖かった。或る食事時、守が茶碗に米粒二、三粒残したのを見つけて、こんな風に諭《さと》したことがある。

——なぁ、米粒をよう見てみい。涙の眼に見えんか。汗水垂らして米作る百姓の、農民の涙にな。そやから大切に頂かなあかんのや。

——涙の眼やったら、ぼく、食べられへん……。めだま怖いもん。

——また屁理屈こいとる。こいつにかかったら、かなわんな。

守にすれば、志織のことで、どちらが悪いとも判断がつかず、そうかといって、あの螢の夜のような、二人の逢引きを目にするのはたまらなく嫌だった。志織を姉のごとく慕っていたから、謙太郎が彼女を口説いて奪われてしまうのではないかと気がきでならなかった。さらに言えば、淡い妬《ねた》みすら覚えたものだが、それ以上に憎む気にはなれなかった。

時に謙太郎はどこやらの田んぼの溝で泥鰌《どじょう》を捕ってきて、S町へ一升いくらで売りに行っ

た。何がしかの金銭を得ては守に、

――冷たいものでも買うて食えの。

と、言い添えて、五円十円と小遣いを与えた。楽しみの一つは昼から決まって自転車で鐘を鳴らしながら売りに来るアイスキャンディー屋だった。謙太郎はというと、ひそかにタバコを買い、田畑に出向いたついでに山中に隠れて、そいつを吸っていた。

小遣いをくれるお返しをと真面目に気遣った末、守の思いついたのは、志織を描いた絵だった。その機会は早々にやってきた。夕涼みがてら床几で団扇を煽いでいると、田仕事の帰りなのか、よく日焼けした顔にねじり鉢巻をした俊介が近づいてきて、

――納戸になぁ、鼠が入って穀物食い荒らしよるんで、なんとか退治してくれんか。

守はどうしていいか分からず、ともかく奥の間の謙太郎に救《たす》けを求めた。黙って頷いた彼はそのまま火床へ行ったかと思うと、チロの首根っ子をつまみあげ、

――ええか、こいつを納戸へ放り込め。

と指示した。言われるがままに、戸を開けてチロを閉じ込めた。しばらくして納戸の中でバタッ、バタンと激しい音がしてから、謙太郎が開けてみろと眼で合図した。守が恐る恐る戸を引いてみた。なんと、チロが鼠を咥え、ドヤ顔で出てきたのである。驚き呆れた守は謙太郎の手を取って自分用の小机まで導き、志織の似顔絵を差し出した。謙太郎は絵をじっと

見ていて、

——ううん、うまいもんじゃ。よう似とる。ありがとよ。

と頭を撫でた。

——これ、どこに置いとこうかな……。

彼は嬉しそうに絵を胸にして立ち去った。


いつも朝食に出る銀飯と味噌汁と漬物の味は格別だった。食事を終えると、守は食卓の上に木箱を置き、今まで集めてきたベッタンとラムネ玉を整理して数えた。そこへ新聞を手にした俊介がやってきて、朝鮮で起きた戦争について、アメリカがどうの、三十八度線や南北朝鮮がこうの、とひとくさり講釈を聞かせた。彼は父と同じく中国に出征し、傷痍《しょうい》軍人として帰還した、悲惨な経験の持ち主だった。締めくくりに、こんなことを付け加えた。

——戦争になったらな、人間が人間で無うなるんよ。恐ろしいこっちゃろ。わかるかな、わからんよなぁ。

もし父親が生きていたら、この俊介ぐらいだろうか、守はいつもそんな風に思えてならなかった。敵の弾でこの人は生き延び、父親は死んだ……なぜだろう……。不運な父のことが頭をよぎったのか、守はラムネ玉を握りしめ、

――人間が人間で無うなる、いうたら？　どないなんの？

――そうやなぁ、狂うてしまう。麻痺してしまうちゅうか、いいも悪いも分からんようになってしまうんよ。それこそ地獄、生き地獄やで……。

守は頷きもせず、くるう・じごく・とかいう言葉など咄嗟に理解できず、俊介の血走った眼を見返しているだけだった。そういえば一度だけ、中国兵に対する日本兵の残虐行為を漏らしたことがある。彼は何やらいたたまれなくなって、ラムネ玉を寝そべったチロの方へそっと転がしていた。

昼過ぎには蒸し暑さで耐え難く、仙太らを呼び集め、いつものように小川へ遊びに出かけた。この前は池で溺れそうになり懲りたので、澄みきった川で水中眼鏡をかけ、草履を履いたまま小魚を追いかけた。そこには鮎などおらず、アブラハヤを狙うも、手で掬えるはずもなく小石をめくり蟹を捕った。オハグロトンボに気を取られてふと気づけば、いつのまにか石橋で日傘をさした志織が子供らの戯れる様子に眼を細めていた。ああ、そんなところで、と守は思わず声をかけそうになって、ちょっと右手を挙げた。彼女は頭を振って応え、日傘をくるくると回してみせた。

志織姉さんに見られていると余計に張り切って、浅めの水に潜ってはむせかえり、片足を川底につけて平泳ぎの真似をしてみせたりした。その度に彼女はにっこりと頷き返してくれるのが嬉しいのだった。一休みの合間に、彼女の唇や撥ね上げた小指、いやに皓い足首に見惚れて溜息をついた。ところが、十分もせぬ内に、喜平の呼ぶ声が近づいてきて、彼女を連れ戻しに現れた。彼女が子供らの川遊びを見ていてどうしていけないのか、守には不可解でならず、心の中でこんな風に呟いた。

……あの喜平小父さんは頭もよさそうで偉い人……星のことは詳しいし、何でも知っているみたい……いつだったか、とてもむずかしいこと、さんせいそうもく、しっかいぶっしょう、とか、山も川も花も草も何もかも尊い、自然を恐れ、敬いなさいとか説教してくれた……なのに、どうして志織姉さんのことになると、あんなにうるさくなるんだろう……と。

その日も、謙太郎が作る牛餌の作り方が雑だとかなんとか、俊介にこっぴどく叱られる声が守の耳に痛かった。……大人たちは一々口やかましくしすぎる、あれほど厳しく責めることもあるまいに……と同情したくなるのだった。謙太郎は無言のまま牛を引っ張って出て行き、田圃の方からハーモニカの曲が聞こえてきた。耳を澄ましてみると「山のけむり」を吹いていた。

何とも鬱陶しくなった守はチロを抱いて火床に座った。そこへ井戸水を桶に担いできた秋江が声をかけた。

――今晩なぁ、天神の速玉さんで人形浄瑠璃があるけんど見に行くけ？　お爺ちゃんが出るんよ。

浄瑠璃の知識は何もないけれども、村一番の語り手と言われる俊介出演と聞けば行かぬわけにはいかない。お寺の仙太を誘い、利子と連れ立ち、四人で出かけた。速玉神社の境内には仮設の舞台が設けられ、愛好会による人形遣いや浄瑠璃語りの芸を披露して、盛んに拍手を浴びていた。物語の人物も筋書きも守に理解できるはずはなく、ただ人形の仕草とか黒子の動きを面白がっているだけだった。柳田家の喜平が意外にも語りに出ていて、その演目が終わる頃、守はすっかり飽きてしまった。今夜も志織は見物に来ているに違いないと、人垣を縫い探し回った。狛犬の陰、本殿の裏側を覗いてみたけれども、確かめられたのは柳田家の雇われ人に近所の人ら数人と同級生の二、三人だけだった。

演目の最後、トリで締めたのは、俊介の十八番と言われた「傾城阿波《けっせいあわ》の鳴門」巡礼歌の段。守がなんとか聞き取れたのは例の「ととさんの名は云々」のセリフと「おゆみ」「おつる」とかいう人の名前ぐらいだった。さすが名手の評判通りにやんやの盛り上がりをみせて幕となった。鳥居前の駄菓子屋で、秋江がみんなにアイスキャンディーを振る舞ったのだが、守は志織も謙太郎も見かけなかったので、なんとなく浮かぬ顔つきをしたままアイスキャンディーを舐《な》めた。

帰る途中、利子は懐中電灯を振り回したり、仙太の顔に向けたりしてふざけた。虫の声は

せず、星も見えなかった。秋江は、

――明日、雨かもしれんな。

と呟いて、いかにも気だるそうに足を引きずった。草履の足音がするだけで、誰も喋らなくなった。左手に蜜柑山の山影がぼんやり見えてくると、守はふと妄想に駆られた。……もしかして志織と謙太郎はあの鬼門にあたるとかいう小屋に潜んでいるのではないか……謙兄さんが鬼になって……。いきなり利子の笑い声が弾けた。振り向いてみると、秋江が道路の真ん中で盆踊りの真似事なのだろう、手振りをまじえて踊る仕草をしているのだった。

数日後のこと、昼飯に梅干しと冷や素麺《そうめん》を食べた後だった。

――ごめんよ。

と、誰かが訪ねてきた。応対に出た秋江が馬鹿丁寧な挨拶をしている。守は嫌な予感がして、耳をそばだててみた。喜平の声だ。……くれぐれも言っておかねばならんことがある……と切り出したので、慌てて俊介も玄関口へ出て行った。……お宅の謙太郎さんとうちの娘と、以前から仲ようしてもろてるらしいけれど、娘は来年、受験を控えてるし、あんまり気安うに誘わんでもらいたい、最近、家を空けることがあり、家の者が気を揉むやら、いらざる心配までする始末、お付き合いの方はもういい加減にしてもらいたい、云々という趣旨の警告めいた切り口上だった。これに対し、俊介が相すまぬことで、本人にも重々……など

鳥影社出版案内

2024

イラスト／奥村かよこ

choeisha
文藝・学術出版 鳥影社

〒160-0023 東京都新宿区西新宿 3-5-12 トーカン新宿 7F
TEL 03-5948-6470 FAX 0120-586-771（東京営業所）
〒392-0012 長野県諏訪市四賀 229-1（本社・編集室）
TEL 0266-53-2903 FAX 0266-58-6771 郵便振替 00190-6-88230
ホームページ www.choeisha.com ウェブストア choeisha.stores.jp

お求めはお近くの書店または弊社（03-5948-6470）へ
弊社へのご注文は 1000 円以上で送料無料です

＊新刊・話題作

解禁随筆集
笙野頼子

発禁から解禁へ。一つの判決が出るとこのような本はもう出せなくなるかもしれない。今ならまだ書けるぎりぎりまでを書いた。 2200円

東京六大学野球人国記
激動の明治、大正、昭和を乗り越え1世紀
丸山清光

1世紀に及ぶ人間模様をかつての名選手が著す。6大学の創成期1世紀分のメンバー表など膨大なデータも収載した決定版。 2970円

さようなら大江健三郎こんにちは
司　修

長年、大江作品の装丁を担当した著者が知られざるエピソード、書簡、対談などを交え、創作の背景とその心髄に迫る。 2420円

奇跡の女優 芦川いづみ
（読売新聞、週刊読書人、キネマ旬報で紹介）（2刷）
倉田　剛

引退から半世紀以上。未だに根強い人気を誇る彼女の出演全映画作品を紹介し、貴重な写真を多数収録したファン必見の一冊。 2970円

舞台上の殺人現場
「ミステリ×演劇」を見る
麻田　実

ホームズ、クリスティから、現代社会の謎の深淵まで〝ミステリ演劇〟の魅力のすべてがこの一冊にちりばめられている！ 1980円

古代史サイエンス
DNAとAIから縄文人、邪馬台国、日本書紀、万世一系の謎に迫る（3刷）
金澤正由樹

最新のゲノム、AI解析により古代史研究に革命が起こる！ ゲノム解析にAIを活用した著者の英語論文を巻末に収録。 1650円

くたかけ
小池昌代（日経新聞、週刊読書人等で紹介）

海辺の町に暮らす三世代の女たち。一家にからみつく奇妙な男。男の持ち込んだ三羽の鶏。彼は宗教者か犯罪者か……。 2200円

親子の手帖〈増補版〉
鳥羽和久
（初版4刷、増補版2刷）

増補にあたり村井理子さんの解説と新項目を追加収録。全体の改訂も行った待望のリニューアル版。奥貫薫さん推薦。 1540円

マリーア・ズィビラ・メーリアン スリナム産昆虫変態図譜1726年版
岡田朝雄・奥本大三郎 訳　白石雄治・製作総指揮

A3判・上製　世界限定600部　3万5200円

愛知ふるさと素描
河村アキラ

『名古屋ふるさと素描』に、新たに 40 枚を追加。愛知県内各地に残されたニッポンの消えゆく庶民の原風景を描く。

1980 円

純文学宣言
季刊文科25～98
（61より各1650円）

〈編集委員〉伊藤氏貴、勝又浩、佐藤洋二郎、富岡幸一郎、中沢けい、松本徹、津村節子

【文学の本質を次世代に伝え、かつ純文学の孤塁を守りつつ、文学の復権を目指す文芸誌】

新訳金瓶梅 上巻・中巻（全三巻予定）

田中智行訳（朝日・中日新聞他で紹介）

三国志などと並び四大奇書の一つとされる、金瓶梅。そのイメージを刷新する翻訳に挑んだ意欲作。詳細な訳註も。　各3850円

ヴィンランド

ジョージ・マッカイ・ブラウン著
山田修訳

北欧から北米へ海と陸をめぐる大冒険。波乱に富んだ主人公の一代記。11世紀北欧の知られざる歴史物語。　1980円

スモッグの雲

イタロ・カルヴィーノ著　柘植由紀美訳

樹上を軽やかに渡り歩く「ペンのリス」、カルヴィーノの一九五〇年代の模索がここにも。他に掌篇四篇併載。　1980円

キングオブハート

G・ワイン・ミラー著　田中裕史訳

心臓外科の黎明期を描いた、ノンフィクション。彼らは憎悪と恐怖の中、未知の領域へ挑んでいった。　1980円

四分室のある心臓

アナイス・ニン著　山本豊子訳
（図書新聞で紹介）

生誕120年記念。愛そのものは人生が続いていくようにとぎれない。
松尾真由美氏推薦。　2420円

メスメリズム―磁気的セラピー―

フランツ・アントン・メスマー著
ギルバート・フランカウ編　広本勝也訳

催眠学、暗示療法の祖、メスマーの生涯と学説。スピリチュアル・サイコロジーの概略も紹介している基本文献。　1980円

日本の臨床現場で専門医が創る
図解 精神療法

広岡清伸

心の病の発症過程から回復過程、最新の精神療法を、医師自らが手がけたイラストとともに解説する。A4カラー・460頁。　13200円

アルザスワイン街道―お気に入りの蔵をめぐる旅―

森本育子（2刷）

アルザスを知らないなんて！　フランスの魅力はなんといっても豊かな地方のバリエーションにつきる。　1980円

ヨーゼフ・ロート小説集

平田達治／佐藤康彦 訳

第一巻　優等生、バルバラ、立身出世
サヴォイホテル、曇った鏡　他
第二巻　ヨブ・ある平凡な男のロマン
タラバス・この世の客
第三巻　殺人者の告白、偽りの分銅・計量検査官の物語、美の勝利
第四巻　皇帝廟、千二夜物語、レヴィアタン（珊瑚商人譚）
別　巻　ラデツキー行進曲（2860円）
四六判・上製／平均480頁　4070円

カフカ、ベンヤミン、ムージルから現代作家にいたるまで大きな影響をあたえる。

ローベルト・ヴァルザー作品集

新本史斉／若林恵／F・ヒンターエーダー＝エムデ 訳

1　タンナー兄弟姉妹
2　助手
3　長編小説と散文集
4　散文小品集Ⅰ
5　盗賊／散文小品集Ⅱ
四六判、上製／各巻2860円

詩人の生　新本史斉訳（1870円）
絵画の前で　若林恵訳（1870円）
微笑む言葉、舞い落ちる散文　新本史斉著
ローベルト・ヴァルザー論（2420円）

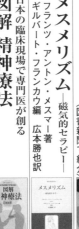

＊歴史

小説 山紫水明の庭 七代目 小川治兵衛
日本近代庭園の礎を築いた男の物語　中尾實信

平安神宮神苑、無鄰菴、円山公園を手がけ、近代日本庭園を先駆した植治の生涯を丹念に描く長編小説1700枚。　4180円

善光寺と諏訪大社
神仏習合の時空間　長尾晃

一五〇年ぶりの同年開催となった善光寺の「御開帳」と諏訪大社「御柱祭」。知られざる関係と神秘の歴史に迫る。　1760円

太郎と弥九郎
飯沼青山

江川太郎左衛門と斎藤弥九郎、激動の時代を切り開いたふたりの奮闘を描く、迫真の歴史小説！　2200円

五島列島沖合に海没処分された潜水艦24艦の全貌
浦環（二刷出来）

日本船舶海洋工学会賞受賞。実物から受けるオーラは、記念碑から受けるオーラとは違う。実物を見よう！　3080円

幕末の大砲、海を渡る
―長州砲探訪記―　郡司健（日経新聞で紹介）

連合艦隊に接収され世界各地に散らばった長州砲を追い求め、世界を探訪。二〇年にわたる研究の成果とは。　2420円

民族学・考古学の目で感じる世界
―イスラエルの自然、人、遺跡、宗教―　平川敬治

民族学・考古学の遺跡発掘調査のため、約40年間イスラエルと関わってきた著者が見て感じた、彼の地の自然と文化が織りなす世界。　1980円

天皇の秘宝
―さまよえる三種神器・神璽の秘密―　深田浩市

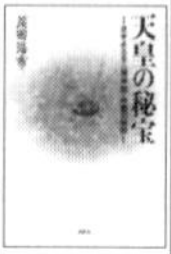

二千年の時を超えて初めて明かされる「三種神器の勾玉」衝撃の事実！　日本国家の祖、真の皇祖の姿とは!!　1650円

西行 わが心の行方
松本徹（二刷出来）（毎日新聞で紹介）

季刊文科で「物語のトポス西行随歩」として十五回にわたり連載された西行ゆかりの地を巡り論じた評論的随筆作品。　1760円

小説木戸孝允―愛と憂国の生涯―
中尾實信（2刷）四民平等の近代国家を目指した生涯を描く大作。　上・下　各3850円

浦賀与力中島三郎助伝　木村紀八郎
幕末という岐路に先見と至誠をもって生き抜いた最後の武士の初の本格評伝。　2420円

軍艦奉行木村摂津守伝　木村紀八郎
若くして名利を求めず隠居、福沢諭吉が終生敬愛したというサムライの生涯。　2420円

フランク人の事蹟　第一回十字軍年代記
丑田弘忍訳　第一次十字軍に実際に参加した三人の年代記作家による異なる視点の記録。　3080円

大村益次郎伝　木村紀八郎
長州征討、戊辰戦争で長州軍を率いて幕府軍を撃破した天才軍略家の生涯を描く。　2420円

魚食から文化を知る　平川敬治
―ユダヤ教、キリスト教、イスラム文化と日本
日本に馴染み深い魚食から世界を考察。　1980円

天皇家の卑弥呼（三刷）深田浩市
倭国大乱は皇位継承戦争だった!!　文献や科学調査から卑弥呼擁立の理由が明らかに。　1650円

新版 日蓮の思想と生涯　須田晴夫
日蓮が生きた時代状況と、思想の展開を総合的に考察。日蓮仏法の案内書！　3850円

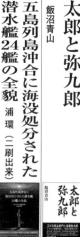

Y字橋（日経新聞・東京・中日新聞、週刊新潮等で紹介）

佐藤洋二郎

各文芸誌に掲載された6作品を収録した至極の作品集。これこそが大人の小説。小説家・藤沢周氏推薦。 1760円

地蔵千年、花百年（3刷）

柴田 翔（読売新聞・サンデー毎日で紹介）

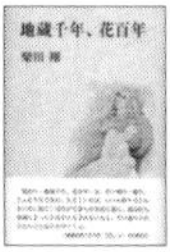

芥川賞受賞『されど われらが日々―』から約半世紀。約30年ぶりの新作長編小説。戦後からの時空と永遠を描く。 1980円

女肉男食 ジェンダーの怖い話

（夕刊フジ、週刊読書人等で紹介）

笙野頼子

辞書なし翻訳なし併読なしでそのまま読めば判る。TERFとして追放された文学者笙野頼子による、報道、解説、提言の書。 1100円

笙野頼子発禁小説集

（東京新聞、週刊新潮、婦人画報等で紹介）（2刷）

笙野頼子

多くの校閲を経て現行法遵守の下で書かれた難病、貧乏、裁判、糾弾の身辺報告。文芸誌掲載作を中心に再構築。 2200円

出来事（2刷）

吉村萬壱（朝日新聞・時事通信ほかで紹介）

季刊文科62〜77号連載「転落」の単行本化 芥川賞作家・吉村萬壱が放つ、不穏なるホンモノとニセモノの世界。 1870円

百歳の陽気なおばあちゃんが人生でつかんだ言葉

佐藤洋二郎

百歳を超えてもなお、認知症にもならず健康を保ち続けるための人生の経験から生まれた21の言葉。 1540円

創作入門―小説は誰でも書ける

小説を驚くほどよくする方法

奥野忠昭

長年の創作経験と指導経験に基づくその創作理論を、実例を示すことで実践的でかつ分かりやすく提示。ベテランにもお勧め。 1980円

紅色のあじさい 津村節子 自選作品集

（読売新聞で紹介）

津村節子

「季刊文科」に掲載されたエッセイを中心に、大河内昭爾との対談、自身の半生を語った中沢けいとの対談なども収録。 1980円

「へうげもの」で話題の〝古田織部三部作〟

久野 治（NHK、BS11など歴史番組に出演）

新訂 古田織部の世界 3080円

千利休より古田織部へ 2420円

改訂 古田織部とその周辺 3080円

そして、ニューヨーク 私が愛した文学の街

鈴木ふさ子 文学、映画ほか、この街の〝魅力の秘密〟に迫る。（2刷） 2090円

空白の絵本―語り部の少年たち―

司修 広島への原爆投下による孤児、そして幽霊戸籍。平和への切なる願い。 1870円

中上健次論〈全三巻〉 河中郁男

初期作品から晩年の未完作に至るまで、計一八〇〇頁超の壮大な論集。 各3520円

＊ドイツ語圏関係他

詩に映るゲーテの生涯〈改訂増補版〉
柴田 翔

小説を書きつつ、半世紀を越えてゲーテを読みつづけてきた著者が描く、彼の詩の魅惑と謎。その生涯の豊かさ。 1650円

ルイーゼ・リンザーの宗教問答 ――カルトを超えて
中澤英雄 訳

カルトの台頭がドイツ社会を揺るがしていた頃、著者は若者たちに寄り添い、「愛」と「理性」の道しるべを示した。 1980円

ヘーゲルのイエナ時代 完結編 ―『精神の現象学』の誕生―
松村健吾

『精神の現象学』の誕生を、初版に見られる8ヶ所の無意味な一行の空白を手がかりに読み解く。 6600円

リヒテンベルクの手帖
ゲオルク・クリストフ・リヒテンベルク著
吉用宣二 訳

18世紀最大の「知の巨人」が残した記録、本邦初となる全訳完全版。Ⅰ・Ⅱ巻と索引の三分冊。 各8580円

光と影 ハイデガーが君の生と死を照らす！
村瀬 亨

河合塾の人気講師によるハイデガー『存在と時間』論を軸とした、生と死について考えるための哲学入門書。 1650円

ニーベルンゲンの哀歌
岡﨑忠弘 訳 （図書新聞で紹介）

『ニーベルンゲンの歌』の激越な特異性とその社会的位置を照射する続篇『哀歌』待望の本邦初訳。
3080円

グリム ドイツ伝説選 暮らしのなかの神々と妖異、王侯貴顕異聞
鍛治哲郎 選訳

グリム『ドイツ伝説集』の中から神や妖異、王や国々にまつわる興味深く親しみやすいこれだけは読んでほしい話を選ぶ。 1980円

グリム ドイツ伝説集〈新訳版〉
鍛治哲郎／桜沢正勝 訳

グリム兄弟の壮大なる企て。民族と歴史の襞に分け入る試行、完全新訳による585篇と関連地図を収録。 5940円

ゲーテ『悲劇ファウスト』を読みなおす 新妻 篤
ゲーテが約六〇年をかけて完成。著者が明かすファウスト論。 3080円

ギュンター・グラスの世界 依岡隆児
つねに実験的方法に挑み、政治と社会から関心を失わなかったノーベル賞作家を正面から論ずる。3080円

グリムにおける魔女とユダヤ人 奈倉洋子 ―メルヒェン・伝説・神話―
グリムのメルヒェン集と伝説集を中心にその変化の実態と意味を探る。1650円

フリードリヒ・シラー美学＝倫理学用語辞典 序説
ヴェルンリ／馬上徳 訳 難解なシラーの基本的用語を網羅し体系化をはかり明快な解釈をほどこし全思想を概観。2640円

新ロビンソン物語 カンペ／田尻三千夫 訳
18世紀後半、教育の世紀に生まれた「ロビンソン・クルーソー」を上回るベストセラー。2640円

東方ユダヤ人の歴史 ハウマン／平田達治／荒島浩雅 訳
その実態と成立の歴史的背景をこれほど見事に解き明かしている本はこれまでになかった。2860円

ポーランド旅行 デーブリーン／岸本雅之 訳
長年にわたる他国の支配を脱し、独立国家の夢を果したポーランドのありのままの姿を探る。2640円

東ドイツ文学小史 W・エメリヒ／津村正樹 監訳
神話化から歴史へ。一つの国家の終焉はその文学の終りを意味しない。7590円

ジョージ・セル音楽の生涯

マイケル・チャーリー著　伊藤氏貴訳
（週刊読書人で紹介）

大指揮者ジョージ・セルの生涯。膨大な一次資料と関係者の生証言に基づく破格の評伝。音楽評論家・板倉重雄氏推薦。　4180円

塹壕の四週間 あるヴァイオリニストの従軍記

フリッツ・クライスラー著　伊藤氏貴訳

伝説のヴァイオリニストによる名著復活！　偉大な人格と情緒豊かな音楽に結びついた極限の従軍体験を読み解く。　1650円

科学捜査とエドモン・ロカール フランスのシャーロック・ホームズと呼ばれた男

ジェラール・ショーヴィ著　寺井杏里訳

ロカールがいなければ、あのテレビドラマも誕生しなかったかもしれない？　科捜研の礎を作った男の生涯を描く。　2860円

フランスの子どもの歌Ⅰ・Ⅱ 50選 ―読む楽しみ―

三木原浩史・吉田正明（Ⅱより共著）

フランスに何百曲あるかわからない子どもの歌から50曲を収録。うたう・聴く楽しみとは、ひと味違う読んで楽しむ一冊。　各2200円

モリエール傑作戯曲選集 1〜4

柴田耕太郎訳

現代の読者に分かりやすく、また上演用の台本としても考え抜かれた、画期的新訳の完成。　各3080円

インゴとインディの物語Ⅰ

大矢純子作　佐藤勝則絵

黒板の妖精インゴとインディとあまえんぼうのマーニの物語。マーニは「大丈夫の魔法」を見つけながら成長してゆく。　1650円

感動する、を考える

相良敦子

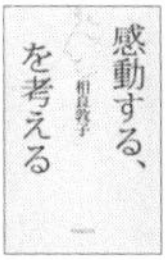

NHK朝ドラ（ウェルかめ）の脚本家による斬新な「感動」論。若松節朗監督、東大名誉教授竹内整一氏推薦。　1540円

雪が降るまえに

A・タルコフスキー／坂庭淳史訳（二刷出来）

詩人アルセニーの言葉の延長線上に拡がっていた世界こそ、息子アンドレイの映像作品の原風景そのものだった。　2090円

オットー・クレンペラー　中島仁

最晩年の芸術と魂の解放
1967〜69年の音楽活動の検証を通じて　2365円

ヴィスコンティ　若菜薫

「郵便配達は二度ベルを鳴らす」から「イノセント」まで巨匠の映像美学に迫る。　2420円

ヴィスコンティⅡ　若菜薫

高貴なる錯乱のイマージュ。「ベリッシマ」「白夜」「前金」「熊座の淡き星影」　2420円

アンゲロプロスの瞳　若菜薫

『旅芸人の記録』の巨匠への壮麗なるオマージュ。（二刷出来）　3080円

ジャン・ルノワールの誘惑　若菜薫

多彩多様な映像表現とその官能的で豊饒な映像世界を踏破する。　2420円

聖タルコフスキー　若菜薫

「映像の詩人」アンドレイ・タルコフスキー。その全容に迫る。　2200円

永田キング　澤田隆治

今では誰も知らない幻の芸人の人物像に、放送界の名プロデューサーが迫る。　3080円

宮崎駿の時代 1941〜2008　久美薫

宮崎アニメの物語構造と主題分析、マンガ史からアニメ技術史まで宮崎駿論一千枚。　1760円

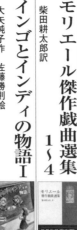

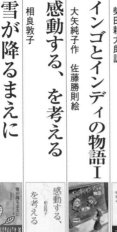

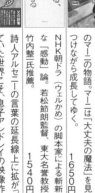

＊実用・ビジネス・ノンフィクションほか

経営という冒険を楽しもう　1〜5巻
仲村恵子

中小企業経営者が主人公の大人気のシリーズ。経営者たちは苦悩と葛藤を、仲間たちと乗り越えてゆく。各1500円

一事入魂　増補版 なんとかせい！　丸山清光
島岡御大の10の遺言

御大の下で主将・エースとして東京六大学野球の春秋連覇、神宮大会優勝を果たした著者が語る、その人物像と秘話。1980円

オートバイ地球ひとり旅
アメリカ大陸編・ヨーロッパ編・アフリカ編・中央アジア編　松尾清晴（全七巻予定）

19年をかけ140ヵ国、39万キロをたったひとりで冒険・走破した〝地球人ライダー〟の記録。阿部雅龍さん推薦。各1760円

長期化・重症化させない！
新型コロナ後遺症に向き合う（2刷）
邦和病院 和田邦雄／中川学

コロナ後遺症1500人以上の患者を直接診療治療してきた、第一線の医師による本質に迫る待望の一冊。2150円

犬とブルース
Sentimental Blues Boy
大木トオル著　小梶勝男編

アメリカに唯ひとり戦いを挑んだ伝説のミスターイエローブルース。読売新聞『時代の証言者』好評連載の自叙伝を書籍化。1980円

日本で一番「早く」「簡単に」「エンドレスで」
業績を上げる人事制度
松本順市

松順式人事制度とは、評価と賃金が完全に一致するので社員に説明できる。全ての社員が成長するので会社の業績が向上できる。1980円

語根主義による
現代アラビア語辞典
田中博一

アラビア語辞典本来の、語根から調べる辞典。現代語の語彙を中心に語根毎に整理。熟語、例文等で構成した必携の書。12100円

中級アラビア語読本
新聞の特集記事を読む
宮本雅行

アラビア語の文法を一通り学んだ学習者が、次の段階として、少し硬い文章を読んでみようとする場合の効果的な手引書。5280円

初心者のための蒸気タービン　山岡勝己
原理から応用、保守点検、今後へのヒントなどベテランにも役立つ。技術者必携。3080円

開運虎の巻　街頭易者の独り言　天童春樹
三十余年六万人の鑑定実績。あなたと身内の運命と開運法をお話しします　1650円

成果主義人事制度をつくる　松本順市
30日でつくれる人事制度だから、業績向上が実現できる。（第11刷出来）　1760円

腹話術入門（第4刷出来）　花丘奈果
発声方法、台本づくり、手軽な人形作りまで一人で楽しく習得。台本も満載。1980円

自律神経を整える食事
胃腸にやさしいディフェンシブフード
松原秀樹（2刷出来）　1650円

アラビア語文法コーランを読むために
田中博一　初心者でも取り組めるように配慮した画期的文法書。4620円

現代アラビア語辞典アラビア語日本語
田中博一／スバイハット レイス 監修
千頁を超える本邦初の本格的辞典。11000円

現代日本語アラビア語辞典
田中博一／スバイハット レイス 監修
見出語約1万語、例文1万2千収録。8800円

と応じ始めるや、謙太郎は円座を蹴って、裏口から飛び出したので、驚いた守も後を追いかけた。

謙太郎は庭の葡萄棚を擦り抜け、向日葵を引きちぎり、一段高くなった田の畔に取りついた。次々と段々畑の畦道を駆け上がり、我武者羅に浄栄寺の方へ向かっていく姿が見えた。絵日記を描くつもりだったのに諦めた守は謙太郎の行方が気がかりでならなかった。台所の大甕《おおがめ》から柄杓で井戸水をがぶ飲みしておいて、隣家横手の坂道をお寺へと急いだ。

浄栄寺の山門を潜れば、右側に槙《まき》の樹、左側に木槿《むくげ》の樹が並んでいる。深い木陰に入ると、やや汗がひいた。庫裏《くり》に回り、開け放たれた門口で、

——おおい、仙ちゃん、仙ちゃんおるかぁ？

大声で呼ばわった。謙太郎のことなど持ち出せず、守は咄嗟に思い付いたことがある。もう一度呼ぶと、仙太が腕に包帯をして出て来た。

——あのな、前に言うとったやろ、先祖から伝わっとるちゅう鎧や兜やら刀があるて。それ、見せてほしいんや。

——ああ、兜なぁ、ちぃと待っちょれよ。お父《と》さんに聞いてくるさかい。

裏の木立でみんみん蟬が鳴きだした。しばらくして、仙太が麦茶入りのコップを差し出して、

——もう売り飛ばしたて言うとるぞ。うち貧乏寺やしなぁ。

——なんや、売ってしもたんか……。

——ほなら、あそこ行こ。あのアリンコのとこ……。

二人は苦笑いして頷き合った。本殿の階段前まで駆けて来て、何やら腰を低め地面を探りだした。所々に空いた小さな穴はアリジゴク……這いまわる蟻を捕まえては、次々と穴に落とし込んだ。すると、ウスバカゲロウの幼虫の大顎が蟻に飛びかかる。騙《だま》しの技だ。そこをすかさず幼虫を引っ張り出し「こいつめ」とばかり思いきり踏み潰した。


お盆も過ぎて、法師蟬があちこちで鳴き始めた。守は朝の涼しい内に、茄子と胡瓜と白瓜をスケッチし、昼飯に紫鮮やかな茄子の糠《ぬか》漬《づ》けで茶漬けを掻き込んだ。蒸し暑苦しさのあまり、いつものように玄関口の板間に半裸のまま寝転んでいると、秋江が近づいてきて、

——食べてすぐ寝たら牛になるぞ。

と脅かされ、利子を川に誘って断られ、チロにもそっぽむかれた。ふとこの前、鯉らしき大物を釣り逃した無念さがぶり返してきて、釣仕掛けを新調したかったのに小遣銭は乏しくなっていた。せめて泥鰌《どじょう》捕りでもと思ってみたが、このところ不機嫌そうな謙太郎に甘えるわけにはいかなかった。

柳田の主人に怒鳴り込まれてから、家中がいっぺんに暗い雰囲気に包まれた。なんとなく居づらくなった守は麦藁帽子を被り、ひとり小川へ遊びに行った。草履のままドンコを追いかけていて、しばらく志織に会っていないので、またまたピアノを聴かせてほしいという口実を思いついた。

長屋門を入りかけて、人の気配も物音もまったくしないので、踵を返してしまった。……志織と謙太郎は蜜柑山のあの小屋に潜んでいる……そんな妄想をどうしても拭えなかった。頂上に向かって、喘《あえ》ぎ喘ぎ急坂を登った。「スイッチョ、スイッチョ、ジィ」という蟬の鳴き声にせかされて、汗だくで小屋に辿り着いた。

思い切って小屋の板戸を開けてみると、夏蜜柑の腐ったような臭いが鼻をついた。イグサの茣蓙にマッチとロウソク、蚊取り線香も転がっていて、石仏を目にすると薄気味悪くなり、思わず鉦を叩いた。傍らに髪を止めるものなのか、一本のピンが落ちていた。彼はそいつを摘み上げ、嗅いでみて半ズボンのポケットにしまいこんだ。外に出ると、生温い風が感じられた。遥か空に入道雲がそそり立ち、遠く浄栄寺や村役場、小学校の屋根まで光っていた。そのまま山を下りたが、柳田家を訪ねる気力は失せていた。

帰宅して、小屋で拾ったピンは日記帳に挟んでおいた。喉の渇きに井戸水を飲み干すと、急に気だるさに見舞われ、板間に座布団を敷いて昼寝をした。目覚めてみれば、飼牛が物憂げに鳴いているばかりで、自分が一人ぼっちになったようなもの淋しさを覚えて火床に移った。

柴刈りでも行って、井戸端で手足を洗ったのか、雑巾を手に謙太郎が火床にやってきて、そこどけと言わんばかりに座り込んだ。竃《かまど》に大きな煤だらけの茶瓶をかけ火を熾《おこ》した。黙り込んだまま枯枝を火口に押し込んで何やら怒っている風に見えた。守は彼の炎に光る眼を見ていて、いずれこの人は家を出てしまうのではないかと漠然とそんな不安がよぎった。

そこへ洗濯物を取り込んできた秋江が通りがかった。

――なぁ、謙ちゃんよ、いっぺん拝み屋さんに行ってみよ。悪いこと言わんよって。なんや知らんけど、厄病神《やくびょうがみ》がついとるような気がしてな。お爺ちゃんもそう言うとるし……。

母親をきっと睨んだ謙太郎は枯枝を折って、

――狐憑《つ》き、とでも言いたいんやろ。バカバカしい。今時、そんな迷信なんか通用するもんか。わしはなぁ、正気も正気……。

――ほんでもよ、ここんところ人の口がうるそうなってな。狐がわるさしよるんかもしれんで……。

――あほなこと言うな。世間様は勝手に言うとりゃええ。わしはな、そんなええ加減なまじない聞いてられんわ。そんな迷信なんぞぶちこわしたるんや!

――ほんな無茶なこと言うて……。

――ええか、若い者《もん》はな、前から言うように恋と変革、革新なんよ。わしは、上の学校行けなんだけど、それぐらいのことわかっとる。それぐらいの根性もたなあかん、と思とるんよ。

――……かくしん……。

――そうよ、お母《か》ちゃんんみたいに古臭いことというとったらな、この世の中、人騙《ひとだま》くらかして金儲けする奴、ずる賢い奴らに騙されるだけやで。

秋江は諦めて踵を返し、奥の間に去った。しばらくして鉦の音が響いてきた。

翌《あく》る早朝、謙太郎が草刈りに誘ってくれた。守は鎌を持たされ、背負い籠を負わされた。家からさほど離れていない段々畑の草刈り場、謙太郎は手拭いで鉢巻をし、朝露にまみれて荒っぽく雑草を刈り始めた。守も真似てやろうとするのだが、草の葉先とか鎌刃で指を傷つけるのではと、つい屁っ放り腰になってしまうのだった。謙太郎が勢いよく鎌をふるう度に、青臭い草いきれが臭いたった。

案の定、茅《かや》か何かの葉で小指を切ってしまい、疵《きず》を舐めていると、苛立たしげに謙太郎が文句を言った。

――おまはんは草に負けとるな。そんな手付きやったらあかん。

なにくそと、守は傷口の血を舐め取った。

――だいいち性根が入っとらん。見とれよ、こう腰をひいてな、草を持つ手はこっち向き……。

謙太郎が腰をかがめて手本を示した。それでも、草をつかむ左手がひるんでしまい、守はいつも気になっていること、

――……あの志織姉ちゃん……姉ちゃん、元気にしとるやろか……。

つい口に出してしまった。と、いきなり謙太郎は守の頬をひっぱたいた。

――あのな、あの小屋のこと、誰かに言うたやろ、ばらしたやろ！

――言うてへん、ぼく、誰にも言うてへん！　言うてへんもん……。

殴られた痛みに顔を歪めて、必死に抗弁した。

――嘘つけ！　もう帰れ！

思いもよらず暴言を吐かれ、守は鎌を投げ捨てた。そのまま引き返し、畦を駆けている間も……ぼくは誰にも喋っていないのに……と、悔しさで涙が溢れてくるのだった。帰宅するなり、謙太郎の部屋に忍び込み、いつぞや謙太郎に贈った志織の絵を探し出し、竃に突っ込み焼いてしまった。逸早くその場から離れたくなり、仙太と遊ぼうと急ぎ寺への坂道を登っていった。……謙兄ちゃんは鬼みたい、恐い眼して……誰かが見てる、空が見てる、空の眼……彼は喘ぎつつ、しきりに胸の内で呟き続けた。

盆踊りの予定日は台風に見舞われて延期され、小学校校庭の櫓《やぐら》は組み直された。その夜、守は作業小屋で拾ったピンが志織のものなら、渡そうかどうしようかと迷っていた。彼女も踊りの輪に加わるにちがいなかろうと気が逸《はや》り、ともかく一人で校庭へと急いだ。

中央に据えられた櫓から四方に小提灯がぶら下がり、太鼓と盆踊り唄に合わせ老若入り乱れて踊っていた。守は見物人の間を縫いながら、志織を探し求めた。秋江や利子、同級生の何人かの顔見知りに出会ったものの、謙太郎の姿さえ見つけられなかった。ひょっとして二人はどこかで密会しているのではないかと、にわかに気持ちがざわめいた。

守は踊りの場から離れた。あるいは親に止められ、自宅に引きこもっているのではと、柳田家へと急いだ。野道をたどる内に、太鼓の音は消えていき、次第にピアノの音が膨らんできた。長屋門に達して「エリーゼのために」の旋律に誘われるように内庭に忍び入った。

灯りの射す方へ歩いていくと、他の人たちは盆踊りに出払ったのだろう、簾越しに誰も居なかった。続いて「中国地方の子守歌」の、いかにも悲しげな調べにしんみりとし、謙太郎に殴られたことが意外で悔しくて、とうとう泣き声をあげてしまった。

ピアノの音がはたりと止んだ。やがて簾が持ち上がり、浴衣姿の志織がほの白い顔を出した。

――あっ、まあちゃんか、どないしたんな？

彼女は守の手を引いて床几に座らせた。尚も泣きじゃくる守を抱き寄せて、髪の伸びた坊主頭を撫でつけた。甘えるように体を擦りつけていくと、天花粉《てんかふん》の匂いがした。

――盆踊りに行かなんだんか？

――ううん、行った。行ったけど……。

咽《むせ》んで言葉にならないのだった。泣き止んで、このあいだ謙太郎と草刈りに行った折、ひどく機嫌悪く叩かれて悲しかったこと、今夜踊りに行ったのも志織姉ちゃんに会いたかったからで、いくら探しても見つからないので、ここまで来てしまったのだと打ち明けた。

――かわいそうに……謙さんに叩かれたんか、なんで、なへなよ？

と問い詰められても、口ごもるしかなかった。苦し紛れにふと思い直した守は、

――門のとこで、このピン……。

と嘘をついた。ピンを受け取った志織は礼を言い、さりげなく髪に挿した。

――大けな子が泣いとったら、おかしいよぉ。ほれでも、叩かれたなんてかわいそうになぁ。よしよし、姉ちゃんが撫でてあげる、ここか……。

彼は頭を志織のふっくらした胸に預けたままにして……このお姉さんはお姫さんというより、若くてきれいな女の神さん、あの世の姉さんもこんな風に自分を優しく慰めてくれるの

だろうか……内心お姉さん、お姉さんと叫んで、強く両手を腰に巻きつけていった。

志織は団扇片手に、蚊取り線香を持ってきてくゆらせた。

――うちが盆踊りに行かなんだんは、お父さんに止められたからよ。

苦笑いして、彼女は守の方へ団扇の風を送った。彼は序《つい》でに何かレコードでも聞かせてほしいと言いたかったのに、どうしても切り出せなかった。

――来春、うちも大学受験やし……。

何思ったか、彼女がぽつりと漏らしたのを聞いて、いずれ遠い都会へ去っていくのかと打ちのめされ、又もや悲しみがぶり返してくるのだった。

――ぼく、もうおそいから帰る。

と告げると、志織は座敷の方へ小走り、煎餅を新聞紙にくるんで手渡し、門の前まで見送った。彼女の心配げな顔が闇に紛れるまで何度も振り返った。……ぼくも、ぼくも都会へ行く、もっと大きくなったら、美術学校に通って絵描きになるんや、きっと……。ふと虫の声がしたような気がして、夜空を見上げてみれば、銀砂子のような星屑が一斉に降りかかってきた。

八月も終わろうとする頃、仙太が二人の村の子を連れてきて、野池の牛蛙を釣りになどと言い出した。そこは毎年、菱《ひし》がびっしりと生えるので菱池と呼ばれていたのだが、餌にするタンポポが見当たらず、腹の底まで響く、重々しい鳴声に聞き入っただけだった。それではと、天神村の北側にある山城跡へと急いだ。赤松の木登りを競い合い、更に秘密基地へ回って、お互いくすぐり合いをしてふざけ散らした。それにも飽き足らず、村の子が牛の種付けを見に行かないかと顔をにやつかせた。みんなわいわい騒ぎながら種付け場へ向かった。守にとっては初めての見物で、業者の家の高台で行われるのだという。驚いたことに、棒杭に繋がれた雌牛の背に、やがてひきたてられてきた種牛がのしかかり喘いだのである。物置小屋の陰からその始終を覗き見し合い、仙太が笑いをこらえながら、

——運がよかったな、おもろいやろ。

と声を忍ばせ、ちろっと舌を出してみせた。

夏休みの宿題を点検していると、秋江に促されて終《しま》い風呂に入った。別棟の厠の隣にある、薄暗い五右衛門風呂だ。小皿の灯心に弱々しい炎が揺れていて、底板を踏みこみ、沈めて入る。守は微温湯《ぬるま》に浸りながら、夏休みの様々なことを思い返した。……姉の真梨のこと、志織のことを始め、映画会、花火の夕べ、浄瑠璃会……似顔絵、蜜柑山の小屋、謙太郎に叩かれたこと、ピアノの曲……秘密基地、念仏……拝み屋、狐憑き・牛の種付け、種牛のあの……。それにしても、謙兄ちゃんはどうしてぼくがあの小屋のことを誰かに喋ったと言った

のか……やはり利子が告げ口したのか、ひそかに仕返しをしたのだろうか……それともお兄ちゃんの思い過ごしなのか……志織姉ちゃんの「仲良うなるよう祈るだけ」とは……祈るとはどういうこと、祈るなんて分からない……。

あれこれと思い悩んでいて、灯心がジジと泣いたような気がして、顔に思いきり湯を振りかけた。

蚊帳に入っても寝つけなかった。ニイニイ蟬の幻聴に見舞われ、柱時計の振り子の音にまとわりつかれた。何度も寝返りをうち呻《うめ》いた。どこからか女の囁く声がして、それに取りすがるようにしている内、ようやく眠りについた。

その日の夕方、向かいの山裾あたりで鴉の群れが鳴き騒いでいた。来年の春祭りの件とか、青年団の寄合があるというので、副団長の謙太郎はそそくさと家を出ていった。ところが、九時過ぎになっても帰宅せず、松方ほか酒気を帯びた青年らが四、五人どやどやと押しかけてくるなり、

――大事な会に欠席したんはけしからんぞ、謙さんはどこにおるん?

――めったにないこっちゃけど、いったいどないしたんや?

彼らの物言いに、秋江は狼狽《ろうばい》するばかりで、

——青年会に行くと出たんは確かなんやけど……どこ行ったんやろか……。

——そいつはあやしいぞ、嘘ついたんやろ。

——サボリくさって……。

口々に言いつのり、顔見合わせて、

——近頃はおなごの尻追いかけとるちゅうやないか。ちっ、ほんまにどもならんわい。

——ほれでもよ、謙さんの口癖は恋と革新やったか、愛と革新やったか、立派やないか。若いのにえらいもんやで。

——いつかの会でも言うとったな、因循姑息《いんじゅんこそく》を排せよ、か……むずかし屋やのぉ。

——いずれ町長さんになってもらわにゃな、フッ。

——いやいや、議員さん、議員さんよ。

——そいつはむずかしい、なれんな。

などと喋り合いながら、表の道でしばらく待ってから、散り散りに家路についた。

謙太郎の帰りを待ちわびて、守と利子も団扇を手に道路に出、俊介は黙りこくって煙管《きせる》を鳴らし、溜息ばかりついていた。守は暗い道の先を見遣っては、もしや謙太郎は志織と行方をくらましたのかもしれないと憶測したけれども、柳田家は娘をめったなことで外に出さぬというからには、そんなことはありえなかった。あるいは、来年彼女が都会に行くと知らされて自棄《やけ》になった挙句……それも突飛すぎるようだった。苛々してきた守は気晴らしに、利子を促して歌いだした。

♪ずいずいずっころばし　ごまみそずい
ちゃつぼにおわれて　とっぴんしゃん
ぬけたら　どんどこしょ……

とその時、利子が向かいの山を指さして、

――あれ何よ？　あれ、火と違うんけ？

と、声を張り上げた。山陰の上の方に淡い光が浮き出ていた。……あっ、蜜柑山が……と思わず眼を凝らした。どうやらあの小屋の辺りに火が出たようだった。咄嗟に守は柳田家の誰かに早く知らせなければと心急かれ、いきなり夜道を駆け出していた。

星屑に月光でほの明るく、野道も通いなれている。長屋門を駆け抜け、内庭に入るなり大声で、

――蜜柑山に、火が……火がついとる！

真っ先に喜平があたふたと出てきて、次いで寿々代、志織、お手伝いの人たちが現れた。

にわかに夜の底がざわめきだした。喜平は信じられぬといった顔つきで、

――まさか、ほんなこと……まあちゃんよ、ほんまかいな？

みんな何やら喚《わめ》きながら門の外へと駆け出した。志織が居たので、守はひとまずほっとして後に続き、思わず「誰かが見てる、空の眼、空の眼が」などと呟いていた。

寿々代が口に手を当てて、

――ほんに恐《おと》ろしよ……。

誰かが、

――鬼火じゃ、ありゃ、鬼火じゃ！

と喚いた。すると、喜平が腕組みしたまま、

――あれ、小屋のあたりやな……鬼……やっぱりあいつか、鬼の仕業か……。

山の火穂《ほむら》をきっと見据えていた志織は喜平の袖口を引き寄せ、

――お父《と》さん、堪忍《かんにん》してあげてね……お浄《きよ》めの火やから……。

と声を詰まらせた。二度ばかり頷いた喜平はその震える肩を撫でた。

炎は揺らめきつつ、やがて火の粉が散るかのように闇に溶けた。志織は山に手を合わせて何やら唱え、ぐったりして母親に抱えられた。銀砂の星々は満天に微笑みの微光をまき散らしていた。

秘婚

1

午後九時すぎのこと、義博《よしひろ》は何やら物音に仮眠から目覚めた。人の気配がして野太い声で、

——苗村さん、すみません、ちょっとお話を聞かせてくださいな。

声のする方を見ると、懐中電灯を手にした警官が立っていた。ぎょっとして、彼は半身を起こし、外《はず》れかけた補聴器を耳穴に押し込んだ。

——あちらで、奥さんにも……。

一体、何のことかと、寝間着の衿《えり》を搔き合わせて、警官と客間へ移った。

——実は、奥さんから泥棒が入ったとか電話が入りまして……。

——えっ、そんな……。

「バカな」と言いかけて絶句し、玄関を隔てたピアノ室の方を見遣った。また妻の燈子《とうこ》にあの症状が出たのか、きっとそうに違いないと唇を咬《か》んだ。彼は警官の質問に先んじて、口を開いた。

——私は早寝して夜中に起きる習慣でしてね、警察へ電話するなんて知らなかったんです。まさか、泥棒なんてありえないですよ。実は妻に持病が……。

彼は勢い込んで説明し始めた。……妻は然るべき薬を常用していて、以前にも似たような騒ぎを起こしたことがある、これは彼女の妄想の類いに過ぎず、ご迷惑をおかけして申し訳ないと……。もう一人の若い警官が入って来て、黙って手帳を開いた。

先の警官は二、三度念を押してから、玄関に戻り靴を履きかけた。顎を撫でつつ、義博は深く頭を下げた。上がり框《かまち》に出て来た燈子は、前髪を少し顔に掛け、ぼんやりとたたずんだままだった。

2

これより遥か以前の話……。

苗村義博は京都の私大を出て、地方都市の小役人となり、広報紙など主に総務関係の仕事をこなした。神経質で内向的な反面、奔放な処も持ち合わせた性格のためか、二、三付き合った女性とは長く続かなかった。二十九歳の秋、知人の紹介で末次澄江と結婚したものの、勝気な彼女と反りが合わず、お互い不義に奔《はし》り、子供もできないまま別れてしまった。

彼は学生時代から文学、音楽、旅好きで、特に萩原朔太郎と宮沢賢治の詩を愛読した。たまたま書店で見かけた某詩誌に加わり、詩作を重ね、三冊の詩集をものにしたが、いずれは戯曲へという目標があった。同誌主宰の方針も同人らの詩作品にも飽き足らずと嘯《うそぶ》いては他誌をさまよっている間に、理想の女を求めて迷路に陥った。周辺から所帯をと促されても、自分にいかなる女性がふさわしいのか分からなくなった。独身の彼に近づいてくる女性は少なくなかったのである。これに乗じて女から女へ渡り歩いた。挙句は飲酒に溺れ、贅肉も付いた。錨のない小舟は漂流し続けた。それ故に、創作適齢期の四十代を空費してしまった。結局、彼は女色に狂ったとしかいいようがなく、そこには肝心の真情、誠意が欠けていた。

定年退職を機に軌道修正をとばかり、年来もくろんでいた田舎暮らしを果たすべく、北摂高槻から湖東五個荘《ごかしょう》の、築百余年とかいう古民家に転居した。同時に、乱脈人生を払拭したい一念も強く、文学部卒の学友に教えてもらった同人誌「パルス」に入会した。

3

十一人の同人の中で注目したのが、大阪在住の市田燈子だった。彼女の詩ではなく、旅の思い出とか求道者めいた随想の類いで、彼もその頃、自己変革を期して親鸞、日蓮、一遍、良寛の研究書、宮沢賢治論や法華経の解説書など努めて読んでいた。発表作の軸足を紀行文の方へかけていたせいもある。燈子の作品の内容は陰鬱そのもので、あまりにも救いのないものばかりだった。だからこそ余計、気になったのかもしれない。

例えば、尼さんになり損ねた話がある。家庭環境は不明だが、少女時代から内閉的で慢性の喘息に苦しみ、虐《いじ》められては学校も休みがちだった。おまけに首に痣《あざ》があり、眼、咽頭、子宮にも疾患が見つかり、やむなく大学進学を諦め、看護学校に進むも挫折した。諸々のコンプレックスや煩悶の程は尋常でありえず、将来をはかなみ、悩んだ末に尼さんになろうと、湖西坂本の一坊に身を寄せたことがある。知人の勧めがあって、何とか痣は除去できた。その頃から詩作を始めたのだという。

義博は顔をしかめながら、これらを読み終えたものだが、苦悩迷妄の類いでいえば、我が身にも思い当たる節がないでもなかった。それは北摂での乱脈堕落時代のこと、心身共に疲弊した挙句、ふと出家願望にとらわれたという事実である。難路を辿り、六根清浄をと修験道に身を投ずるか、世が世なら「一切を捨離すべし」と「捨《しゃ》」に徹した一遍上人と行を共にしたいとさえ切望したものだった。ところが、どこかの古刹に転がり込むまでに至らず、その思いは田舎暮らしに転じ、そちらの願望を封じ込めてしまった。

彼は燈子の酷薄《こくはく》な生きざまにいたく同情し、憐れむだけではなかった。合評会では、彼女の作品について、かくも不条理、非情なる境遇に陥りながら、よくぞここまで耐え忍び、それを作品に昇華しえた忍耐力と書く能力は称賛に価すると褒め挙げたのである。その不運な人生に心を傷《いた》めたばかりでなく、彼女の強靭《きょうじん》な精神力を高く評価し、わざわざ手紙で伝えたりした。
丁度その頃、彼は「歎異抄」のほか「般若心経」「法華経」など仏典に親しんでいた。中でも聖戒《しょうかい》の制作になる「一遍聖絵《いっぺんひじりえ》」に強い関心を抱き、独特にして超人的生涯を送ったのはこの遊行僧にほかならないとまで断じた。また職人の世界にも眼を向け始め、刀工と宮大工の著作を漁っている内、或る章句に足を止めた。仏道というも、仏の教えとは要するに、如来や菩薩に一歩でも近づくこと、これこそが人の生きていく意味、意義なのではないか、という高邁かつ簡潔な数行に隠微な衝撃を受けた。この世に生を享《う》けたからには、生き抜いていかねばならぬ道理だが、より良く生きるには、そうかもしれない、いや、そうに違いないと衿を正した。同時に「老い先短い義博よ、放埓な生きざまを晒してきたお前は、人ひとりでも助けてみろ」という天の声を聴いたような気がした。この晩年、凡愚の身になすべきは、誰かに救いの手を差し伸べるほどの気概を持つことだ、という境地に達したのである。

4

京都にある旧銀行跡建物で「エジプト展」が催されるという新聞広告を見て、彼は思い切って、燈子に誘いの電話をかけた。今こそ一歩を踏み出さねばならぬという衝動に駆られたのだ。会館入口で待ち合わせ、会場を一巡してから円山公園へ赴き、池畔の食事処で昼食を摂《と》った。彼女は薄紫の麻調チュニックを着ていて、終始寡黙であったが、作品からして内向的性格だろうと察せられ、親密な間柄でもないので、むしろ当たり前だと受け止めた。園内のベンチに座り、彼は友人とインド旅行の際に買い求めたサファイアのペンダントを贈った。そこに儀礼的な意味合い以上の念を込めたつもりなのに、受け取った彼女はさして表情を変えることなく、礼言もなかったのがいささか意外だった。正直なところ、微かな違和感を覚えた。

初めての逢引きで、さて次にどこへと迷った末、三条商店街方面に向かい、今風にカラオケ店に入った。選ぶ曲で年齢差は歴然としていた。彼は昭和からの演歌のみ、彼女の方はポップス、アニメ系で思いのほか上手く、二人で一時間半余り機嫌よく歌いこなした。制限時間近くになって、彼は神妙な面持ちとなり、胸中用意していた台詞《せりふ》をぎこちなくひねり出した。

――あのぉ……実はお願いが……最後の……最後の恋人になってほしいんです……。

唇をやや開きかけて、彼の眼を見つめていた彼女はためらいがちに、

――それは……ちょっと……しばらく考えさせてください。ご返事します、必ず……。

予期した通りの反応だった。彼は頷いて、コップのオレンジジュースを飲み干した。

翌日の夜、燈子から電話がかかってきた。京都の街歩きに礼を述べ、

――昨日のお話ですけど……お受けします……それでですね……。

――そうですか、なってくれますね、よかった！

彼は声弾ませ、頭を下げていた、彼女が何を補足しようとしたのかを聞き直しもせずに。

一時の興奮も冷めやると、彼ははたして恋人のままでよいのかと迷いだした。というのは、彼は既に高齢者の域に達していて年金暮らし、常日頃、自分は一人のままで死にたくない、伴侶と共に最晩年を過ごしたいと切望していたからだ。ならば、せめて愛人関係まで進みたい、との想いを募らせていった。そのことを手紙に認めてみた。直ちに返信があり、母親とも相談したけれども、愛人などという曖昧な関係では同意しかねる、とあった。

母親という文字を見て、ハッとした。やはりか、という感がしたのと、両親の存在をさほど顧慮していなかったのを悔いた。父親は元商社マンだというし、一流大学出の兄もいるとか、家族が控えているのである。ここはじっくり膝突き合わせて語り合わねば、と思い直した。そこで、彼女は山好きと聞いていたので、手頃なうえ馴染みのある天王山に登ってみないかと提案、下山して「大山崎山荘」に立ち寄り、何らかの結論へ導こうとした。

当日は小春日和で、二人はＪＲ山崎駅改札口で落合い、山頂を目指した。彼女は小紋柄の

ブラウス姿だった。途上で彼は天下分け目の戦いと言われる、秀吉対光秀の山崎合戦のあらましを得々と語って聞かせた。難なく頂上を極め、山荘地下でモネの「睡蓮」を鑑賞し、喫茶室でコーヒーとケーキを摂《と》った。彼は早速、愛人絡みの件を持ち出そうとした時、コーヒー茶碗が微かに震えるのを覚えた。

——この前、愛人云々と言ったこと反省してます……。

そこで一旦、言葉を切り、唾を飲み込んだ。

——それでね……いっそ私の住んでいる滋賀の田舎で暮らさないか、どうだろうね？

——……。

燈子はやや首を傾げ、押し黙ってしまった。そんな風にボールを投げたものの、これまた曖昧表現で男らしくない台詞だと気づいた。彼はリュックから手拭いを出して首筋の汗を拭い取った。以前から彼女の口は重いと感じていたので、にわかに苛立つのを抑えた。

——あのぉ……私は……持病を抱えてるんです……ですから……。

——えっ、持病と言いますと……。

——はい、時々、鬱《うつ》になって沈んだり……。

——鬱ですか、軽い鬱ぐらいなら、こっちだってなりますよ。現代は鬱の時代です。文明病ですかね。

　言い終えて彼は、そのような後ろ向きの話など聞きたくもなかったので、それ以上のことは敢えて尋ねもしなかった。対話は宙に浮いたままとなり、彼は天井を仰いで吐息を殺した。近くで笑い声が弾け、そちらに眼を向けると、欧米人のグループなのか、一人の中年女の胸元に真珠の首飾りが揺らめき、真っ赤な唇が笑っていた。


　それから三日ほどして、燈子から電話があった。用件はすぐに察しがついた。

——この前お会いした時、田舎暮らしの話をされましたね。あれは……求婚と受け取っていいんですか？

　彼は一呼吸おいてから、

——……そうです、その通りですよ。

——じゃ、もう一度、改めて……。

　そのまま交信は途切れたのだが、多分、両親と相談でもしているのだろうと待っていると、一時間もせぬ内に固定電話のベルが鳴った。

——それではですね、一度、ご自宅へ連れていってくれませんか？　いいですか？

　先方の要望を快諾した彼は、急に落ち着きなく部屋中をうろつき回り、日も暮れかけて、愛《え》知《ち》川河畔で御幸《みゆき》橋袂にある居酒屋「魚菜《さかな》」に行った。冷奴や烏賊《いかさ》刺しを突つき、純米酒を独酌しながら……とうとう清水《きよみず》の舞台から飛び降りたか……それにしても、遠回りな遣《や》り口だったな、と苦笑し、店員に向かって空銚子を振り上げた。

一週間後、義博は燈子とJR能登川駅で待ち合わせ、バスで七分ほど、簗瀬《やなぜ》のバス停で降り、自宅の古民家へ案内した。書斎や囲炉裏部屋など二階建ての各部屋のほか、高木もある塀囲いの庭を見てもらった。客間で緑茶を飲んだ後、近所にある村の菜園へ、大同川堤の散歩道へと巡り、その途中にある石のベンチで一休みした。

辺りはしきりに野鳥の鳴き声がしていた。彼女は対岸の淡竹《はちく》林に眼をやり、か細い声で、

――私はずっとマンション暮らしだったんです、あんなお家初めて。何もかも珍しくて……あのぉ、兄も来たい、と申してますけど……。

彼女の兄は京都で独り暮らしをしていて、音楽関係の仕事に就《つ》いているのだという。義博のことなど何も知らない彼女の家族たち、さもあらんと、いつでもどうぞと伝えおき、ひとまずその日は打ち切りとし、バス停で別れたのだった。

先方の父親は結婚に大反対だと聞いていた。義博は高齢で一人暮らし、しかも片田舎に住んでいるとなれば、一体何者か、娘は騙されているのではないかと疑心暗鬼に駆られるのは無理もない、さしずめ兄は偵察に、正体を見極めに来るのだ、と合点した。

ひと月ほどしてから、市田敏夫と名乗る兄は電話予告をして苗村家を訪ねてきた。客間で

対座した二人は共に音楽好きだと分かり、某楽団の指揮をしていて、チェロも教えているとかで、クラシック音楽についてにこやかに歓談したのだった。別れ際に敏夫はこんな一言を漏らした。

――燈子はですね、アンラッキー、アンハッピーな女なんですよ。

不意を喰らった義博は何の反応も示せず、漠然と持病のことかと胸に沈めた。その日一日、義博にしてみれば、面接を受けているような気分だったが、これといった疑惑は持たれなかったはずと自信があった。面談について燈子からは何の報告もなかったので、兄の見立てはひとまず合格だったのだろうと、彼は独断しておいた。

5

義博の胸底に何かしら痼《しこ》りがこびりついていた。それは燈子の両親の意向についてだった。二人は言葉では婚約を交わしたとはいえ、まだ親の了解を得たわけではなかったからだ。定年後の父親は無論のこと、猛反対だという。そんな肝心なことをなおざりにしたまま、二人の住まいの、つまり彼の住む東近江と彼女の住む都島の中間あたり、JR山科の「スターバックス」で何度か落合い、食事とカラオケに興じた。彼の小心故の怠慢で、ずるずると日を重ねた。

　或る時、彼女が切り出した。

――母が言うには、義博さんに自宅へ来てもらって、お父さんに私たちのことを話してもらったら、と……。平日ならお父さんはパートで働いているので、帰宅を待って……。

　彼は母親の促しにぎくりとした。来るべきものが来たと観念した。相手の母親に先手を打たれたとはいえ、そんなことで尻込みするなど許されなかった。

　何よりも父親の反発を切り抜けるにはどうすればよいかが大問題だった。良策はあるのかとあれこれ思案した。第一に年齢差は三十も超えており、口頭では到底、意を尽くせないだろうと判断し、結局、彼の考え抜いた一計は正攻法というべきか、手紙に認《したた》め熱烈に訴える方法だった。父親の面前で議論するのではなく、読み上げるだけで、そいつを手渡すこと、これぐらいしか考えつかなかったのである。二晩三晩、文章を書いては消し、推敲に苦しんだ。

　指定された当日、久しぶりにグレー系のスーツを着こなし、髭剃《ひげそ》りなど身だしなみを整えた。大阪駅前で燈子と待ち合わせ、市バスで淀川べりのマンションに向かった。彼はいささか緊張気味で、胸底に「今日は一世一代の大芝居を」などと大袈裟に言い含めては口数も少なくなってしまうのだった。

市田家のあるマンション十階で、母親と初対面の挨拶を交わした。父親の帰宅はあと一時間半もあるというので、二人は淀川畔を散策し、河川敷のグラウンドで球技に戯れる子供たちを眺めて時間を潰した。マンションに舞い戻り、客間のソファで父親の帰宅を待った。テレビを観ていても落ち着かず、傍らの新聞を開いてもまともに読めなかった。

夕五時過ぎ、玄関の方にチャイムの音と共に男の声がした。白髪混じりで、眼鏡を掛けた父親と顔を合わせた。お互い挨拶もそこそこに、父親の方が口火を切った。

――この度のことは……まずいですな。

予期した通りの口上に、義博はすかさず胸ポケットから封書に収めた便箋を取り出した。おもむろに手紙を押し開き、一段と声を張り上げて、

――「お初にお目にかかります！　この際、私たちの婚約につきまして、ひと言、私から説明させていただきます！……」云々と。

その骨子といえば、二人は文学を通じた奇縁であることのほか、特に強調したのは愛情に年齢差など関係ないこと、彼女の病気は小生の慈愛の念でもって改善できるはずだし、そうしてみせると豪語してみせた。

彼は手紙を読み上げて封書に入れ、父親の前に差し出すや、恭しく一礼して立ち上がった。そのまま玄関の方へ踵を返し、燈子と母親に目配せしてドアを開けた。

駆落ち騒動にもならず、二人は三月半ば、地元の支所に結婚届を提出した。とにかく強引な遣り口だったため、結婚式はもとより披露宴も無しとした。ただ、せめて何らかの儀式をせねばと、義博の発案で「秘婚式」と名づけた、二人だけの式を執《と》り行うことに決めた。八日市のN神社に、知人で詩人の宮司が居て掛け合うと、宮司は稀ながら実にあっぱれだと秘婚式を称賛、美濃紙に両人の氏名、日付と署名捺印してくれたのだった。祝詞を挙げた式の直後、近くの写真館で記念写真を撮り、両親宛に送っておいた。

6

二人は湖国で新婚生活を始めた。当初はやはり対話もぎこちなさがぬぐえなかった。それと、義博は若い時に遭った交通事故が祟って免許を取らぬ主義のままで、情報過多を厭い、スマホすら敬遠した。燈子の方も片目がほとんど見えぬから免許に無縁だとのこと、買物などの移動手段は二台の自転車だけが頼りなのである。とりあえず近所の挨拶回りを済ませ、村人とは即かず離れずの間合い、家具類はぼつぼつと自前で取り揃えていった。高齢になったからと言って、彼の書く詩や随想は最上の生き甲斐故にやめるわけにはいかない。せめて小遣い稼ぎにシルバー人材センターへ申し込んではみたものの、車持ちが優先だと聞かされた。年金だけでは夫婦の家計は心許《こころもと》ないと正直に打ち明けた。すると燈子は、親から相応の援助を受けたし、体調面でいささか不安はあるけれどもパートで働く、と応《こた》えた。

　彼女の声は低く、内気ながら健気、義博へ細かい所にまで気遣った。それどころか、或る時点から老人の彼に対して、まるで子供に接するようになった。頭や顔を撫でまわしては抱きつき、

——可愛いね、可愛い！

などと、お愛想半分でいかにも愛《いと》おしそうに微笑むのだった。これに対し、彼はゼスチャーを交えて小児に化け、わざとおどけてみせたりした。老人の若い妻に対する妙策は冗談とか道化だった。また対話し易いように、お互いの愛称は「ヨッたん」と「トウたん」と取り決めた。そうして年齢差を少しでも縮めようとしたのである。

　中年頃の彼の隠棲願望は客気みたいなもので本心とは言えず、むしろ蕪村の唱えた離俗論、俗に就《つ》き俗を離れよ、とする処世訓に共鳴した。どっぷりと俗に染まるのを避けたとはいえ、彼はどちらかといえば、文学と音楽と絵画を愛好する文人肌に近く、燈子もそれに追随した。村人に頼みこんで菜園を借り、野菜作りに挑んだ。また彼の健康面でいえば、数年前に胆嚢を全摘手術、大腸ポリープを取り去った。難聴と白内障は年齢相応に進んでおり、中性脂肪

値とコレステロール値に少々問題あるにせよ、これといった病状も見られず、おおむね良好と言えた。時には友人知人とグループ旅行に出かけたり、湖北、湖東の低山に登ってクロマチックハーモニカを吹き、スケッチと外食とカラオケを楽しんで帰るというような、慎ましくも優雅な生活ぶりだった。

月日が経つにつれ、夫婦間のぎこちなさは薄れていった。彼女は障害者手帳を持っていて、抗鬱薬は常用しているなどと言いながらも、一般企業に、琵琶湖線沿いの近江八幡、野洲、草津の職場を転々、週に三日ほど働いた。彼も食器洗いや洗濯物干し、自転車で買物に出かけるなど、家事を進んで手伝った。いつのまにやら年齢差のことなど次第に感じなくなっていった。ただ、仕事の休みの日には、彼女は昼間ずっと寝ていることがあり、気にはなっていたが、慣れぬ仕事とか思わぬ力仕事で疲れるのだろうぐらいに受け止めていた。

二、三年して、彼は妻の或る変化に気づいた。朝、顔を合わせるなり、

――ハグ、ハグして……

とせがみ、抱き着いてくるのである。今まで何人もの女と付き合ってきた彼にしても、このような経験は初めてであった。当初は戸惑いつつも、女らしい媚態と思えば、別段、異とするに足らぬ仕草であった。その内にハグだけでなく、どうかすると、腰を振り振り喘ぐようにして見せたりする。

或る夜など、寝床で彼の身体に絡みつき、

――あのオクスリ飲んでね。しゃぶってあげるから、フフフ。

などと、娼婦紛いの台詞で彼を仰天させたことがある。いわば甘える性態と言えるもので、これまた可愛らしい言動と思われた。男女が狎《な》れ親しむとはこういうことに違いなく、仲睦まじさを実感する一方で、何かしら幼児性すら感じてしまうのだった。こうして燈子は内向的そのものから、どこか陰をひそめながらも、可愛気のある妻へ変わっていったのである。

燈子が四十五歳の誕生日には、永源寺近くの「八風の湯」で祝うことになった。温泉から上がり、夫婦は食堂で乾杯して、こんな会話を交わした。

――トウたんを花に喩えたら何だろうね。野菊？

――ちょっと違う。

――水仙……睡蓮？　秋の薔薇、薄紫の？

――違うわ。そんな立派なものじゃないもん。なんだかゴマすりみたい、フフッ。

――露草？

――それも、違う。自分でもよく分からない。むずかしいな。

――じゃぁ、萩？

――でもないわね。

——何、何になる？

——そうねえ……一人静《ひとりしずか》かしら……。

——ううん、一人静……。この二人なら、さしずめ二人静か……。

彼女はふっと表情を緩め、青のハイネックプルオーバーに掛けたサファイアのペンダントに触れた。

7

結婚して五年余り、苗村夫婦は近江五個荘《ごかしょう》の片田舎にひっそりと隠れ暮らした。まるで時代の波に追いやられたかのようであったが、これといった波風もたたず、大病も見られず清貧そのもので、老境に達した義博にしてみれば、まずまずの晩年を送れているとありがたかった。あれ以来、先方の親から一度も異議申し立てもなく、黙認されたものとみなし、自分の人生計画も終《しま》い良ければすべて良し、ほぼ成し遂げたと安堵した。ようやくにして、以前から構想を練っていた、一遍上人を主人公にした戯曲の下書きに取り掛かった。一遍の魅力とか凄みとは要するに、徹底した捨離《しゃり》精神と念仏踊りで、とりわけ念仏と踊りを融合させ、運動を取り入れて、称名を快感にまで昇華させた点にある。

ところが、八月の或る日のこと、派遣会社の斡旋で洋菓子メーカーで働いていた燈子は昼過ぎに突然、帰宅し、早引きしてきたのだと告げた。現場で誰かと衝突したのか、それとも体調不良なのかと問いかけても、何も答えず二階の布団に臥してしまった。彼はひょっとして更年期障害ではと疑ってみた。そうでなければ熱中症ではと怪しみ、冷蔵庫からアイスノンを取り出し、タオルで巻きつけ、彼女の頭に敷いてやるのだった。

翌日は更に声を低くして、仕事を辞めたいと言う。やはり無理していたのかと、彼は敢えて問いただしたりしなかった。ひたすら彼女の体調回復を願い、簡単な食事の用意までし、膳を枕元へと運んだ。

当時は夫婦の寝室は一階と二階の別々になっていた。というのは、彼が一階の書斎で一晩中読書と創作に励んでいる姿を見て、燈子の方から気が散るのではと気遣い、二階へ布団を移したのだった。確かに、妻が傍で起きていては何となく落ち着けなかった。丑三《うしみ》つ時《どき》の最も頭の冴える創作時間を「麗しのゴールデンタイム」と称するほどだったから。

彼女は昼も夜も二階の一室に籠って何やら工作を始めたような気配がした。それも早朝まで明かりが点いているので、健康面から徹夜などとんでもないことだと、さすがに彼も諫《いさ》めにかかった。

午前二時半頃、彼は二階に上がり、私室を覗いてみた。布団の向こうの、卓上とその周りには粘土とか絵具、絵筆のほか色紙、鋏、ペンチなどの小道具類が散らばっていた。

——こんなに夜遅くまで何をしている？

——……あぁ、あのね、これ粘土細工よ。小物雑貨の……。

——粘土細工か……それをどうするつもり？

——焼いて売るの。ネットなら売れると思って。

——……。


彼はその一つ、菊花模様の小片をつまみあげた。これらを焼きしめて売るとは……パート仕事をしなくなったので、密かにこんなことまでもくろんでいたのかと胸を衝かれ、言葉を失った。小言めかして忠告するつもりだったのに、一言も発せず階下に降りてしまった。

その後も彼女は気分がすぐれず、昼間は俯《うつむ》き加減で無気力に沈んでいる時が多くなった。依然として夜半になっても二階に灯が点いているので、二度ばかり、それとなく彼が窘《たしな》めたことがある。あるいは不眠症に苦しんでいるのかもしれないが、それにしても眠らなければと、布団類は元通り一階に戻し、添い寝してやるのだった。

秋の長雨にうんざりしていたところ、夕食を済ませ、彼はいつものように仮眠のため寝室へ行こうとした時、いきなり燈子が彼の手首を摑んだ。

――ねぇ、ヨッたん！　私の、私のお金を盗《と》ったでしょ！

かっとして、彼は手を振り払いざま、

――えっ、ぬ、盗んだなんて、何を言うか！　ありえないじゃないか！

あまりにも意外な難癖に驚き呆れた彼は思わず怒声を発していた。興奮を抑えきれず、廊下の籐椅子に腰掛けて、クロマチックハーモニカを練習しようとしたが、手の震えが止まらなかった。しばらくして少し落ち着いてから、彼は胸の内で呟いた……遂に妻の心が壊れたのか、いや壊れかけているのだ……前々からほのめかしていた病《やまい》とやらが表面に出てきたのか……と暗澹たる想いに侵された。

数日後になって、小康を得たかに見えたのに、案の定、身の回りのあれが無い、これが無い、と言い出した。そんなはずがないと、一緒になって探してみると、失せ物はすぐに見つかるのだった。おぼろげながら、彼の把握しえたことは、どうやら彼女の脳髄の働きで、意識とか記憶の穴ぼこができるらしかった。つまり意識や記憶が部分的に飛ぶわけである。こうした心の病を、彼は「霊病《れいびょう》」と名づけた。

続いて、冒頭で触れた彼女の妄想行動が起き、義博は恥をかかされたと憤り、夫婦は衝突した。それでも彼はあれもこれも病気のせいだからと、なるべくストレスを与えぬように、感情的になるまいと自分に言い聞かせた。今まで常用していたという薬を点検し、独身時代から掛かっていた大阪の専門医院を聞き出した。彼にすれば、結婚前に暗示されていた持病とは軽微なものであり、優しさで対処すれば改善できるぐらいに思いなしていたのが甘かったのだ。パート仕事で大小のストレスが重なり、あるいは人間関係で悩む出来事が引き金になったのかもしれなかった。症状が回復したかと思えば、またぶり返した。あれこれが無くなった、誰かが侵入してきた、遠くで誰かが監視している、などと妄想しては、密かに警察へ電話する始末。その度に、彼は分かっていながらも耐えがたくなり怒りだし、苛立ちを募らせた。

正月を無事に過ごし、二月の半ばを過ぎた某夜のことである。彼が仮眠していたところへ、彼女が慌ただしく駆け寄ってきて泣き出した。驚いて半身を起こした彼に縋り付いて、

——ヨッたん！　ねぇ、ヨッたん、誰かが盗聴してる、この部屋、盗聴されてるよ！

半ば予期していたかのように、彼は彼女の背中を撫でさすり、

——大丈夫、そんなことはないから、安心しなさい。ねぇ、トウたん、落ち着いて、心配ないから……。

と冷静にとりなそうとしたのだが、彼女は髪振り乱してかぶりを振り、

——あそこ、あそこよ！

怯えたように、寝室の片隅を指差した。何がと訝《いぶか》る隙に、彼女は素早くどこからか金槌を

持ち出して来て、いきなりコンセントを叩き始めた。あっと止める間もあらばこそ、たちまち二箇所のコンセントを破壊してしまった。思わず顔を殴ろうとする右手は彼女の手首をつかんで、金槌を引き離していた。そのままコンセントの破片をつまみあげ、呼吸を乱して「南無阿弥陀仏……南無阿弥陀仏……」と呻くだけだった。

妻の只ならぬ霊病に驚愕した義博は直ちに専門医のセカンドオピニオンを仰ぐべく動いた。市役所を通じ精神保健福祉士を紹介してもらい、より近い所にある精神科クリニックを受けることになった。S医院へ夫婦で赴き、新しい専門医のアドバイスと非定型用の抗精神病薬で、不穏時にはジプレキサ錠で対処すべしと言われ、様子を見ることにしたのである。

しかしながら、木の芽時になって、不眠と引き籠もる病状は再発した。それでも、燈子は大阪の実家へご機嫌伺いに帰り、友達にも会うのだと言ってきかない。出かける準備をしている途中で、定期預金通帳と印鑑が無いと騒ぎだした。義博はそんな大事な物を持ち歩いているのかと呆れたが、又もやナイナイ病かと溜息をついた。その症状は以前にも何度かあって、彼はその度に日頃からの整理整頓をやかましく勧告したが、一向に改善されなかった。

二人して通帳と印鑑を、二階にある彼女の私室からピアノ室に至るまで隈なく探したが見つからなかった。彼はうんざりした表情のまま、念のため彼女が持っていくというリュックの中味を点検してみて、失《う》せ物を発見した。

――やっぱり、ここにあるじゃないか！　貴重品はね、例えば小物入れの決まったところへまとめて入れておくとか……。前から言ってるだろ！　泥棒じゃない！　警察なんかに言うもんじゃないよ、警察とは関係ないんだから、分かった？

なるだけ小言は言うまいと心がけていたのに、つい説教口調になってしまった。それに対し、彼女の反応は無く、押し黙ったままリュックに詰め込んだ品を出したり入れたりするだけだった。その騒ぎで実家行きは取り止めとなった。

その後もこんなことがあった。……電車に乗っていると、見知らぬ人がしきりに自分の噂をしていたとか、彼がその朝、「フレンドマート」へ買い物に行くと伝えたつもりなのに、彼女は夫が家出したと思い込み、又もや警察に知らせ、パトカーが駆け付けたという一幕も……。

彼の戯曲への挑戦は頓挫した。創作ノートに、タイトルとして三幕物「舞え、一遍」とあって抹消してある。一ページ目に登場人物は主人公のほか妻子、下人、弟子五、六人、近所の人数人。第一幕の舞台は伊予松山。欄外に「念仏踊りで、踊りの狙いとは？」とだけ付記されている。彼はいっそのこと気分転換をはかるため一人旅に跳び出したい気に駆られた。そうかといって病妻一人留守番させるわけにはいかない。勢い飲酒に頼るしかなかった。食事の用意は何とかこなしてくれても、掃除はおろそかになりがちで、室内は書類やメモ類で散らかり、洗濯物は溜まる一方だった。

今までやっていた道化作戦は効を奏さなくなった。彼が冗談を言ったり、小芝居を演じてもダメだった。テレビ音もストレスの因になるというので、なるだけイヤホンで聞くようにした。物も言わず、じっとしている姿を見て、やれ風呂に入れとか、やれ布団に横たわれとか急《せ》かし、濡れタオルで頭を冷やしたり、布団の上でマッサージを施して、とりあえず早く眠らせようと躍起になった。

霊病は夕立のようにやってくる。まるで魔物にとりつかれたかのように、伴侶が別人と化してしまう薄気味悪さ……。妄想幻聴障害と記憶障害と不眠障害……かくなる上はザ・サード・オピニオンへ踏み込み、良医良薬を探るべきか。もっぱら薬に頼るしかないのか、他に有効な手立てではないのかと思い悩む日々が続いた。さすがに彼も不機嫌面丸出しでぶつくさ不平を並べていると、彼女は虚ろな眼を向けて、

――私、友達に来てもらう。由里ちゃんに……。

燈子が十年も付き合っている江崎由里。由里も何らかの障害があるとか、裕福な家庭に育ち、賢く気の合う仲間だと言う。彼にしてみれば、誰か助け舟がほしいところ、これこそ渡りに舟と言えた。ふと彼は或ることを思いついた。友人とやらの由里が来れば、霊病のせい

で自分も頭がおかしくなってみたくなったのである。物狂いの真似事というか、例えば譫言《うわごと》か狂声を発するという仮病を演じてみたくなったのだが、やはり思いとどまった。それよりも、この絶好の機会に小旅行、と言っても近場の旅を試みてみよう、そうして気晴らしもし、戯曲の筋書きも練り直そうと……。

枚方から訪ねてきた由里はまだ独身とか、眼鏡をかけ、燈子よりかなり若く、陽気によく喋り、笑う女性だった。その日の夕方、樹木の茂る庭に椅子とテーブルを持ち出し、炭火のバーベキューで由里をもてなした。彼は缶ビールを飲みながら、今までの経緯をかいつまんで打ち明け、最近書き始めた紀行文の取材のためもあり、明日から琵琶湖を一周して来たいと取り繕い、留守番をよろしく頼む、しばらく滞在してもらっていいから、と由里に言い含めた。その夜、テレビ部屋の方から、女の笑い声が盛んに響いてきて、彼は久しぶりに胸を撫で下ろした。

翌朝早く目覚めた義博は好晴《こうせい》を喜び、二人が起き出さぬ内に自転車で家を出た。リュックにはスケッチブック、携帯電話と下着一式といった身軽な出で立ちである。駅近くの駐輪場に自転車を留め置いた。まず電車で長浜駅まで乗り、船で竹生島《ちくぶじま》へ向かい、国宝の神社仏閣を嘆賞し、湖風《うみかぜ》に吹かれた。今津を経て、舞子浜の松原を歩き回り、民宿で一泊、燈子から所在を確かめる電話があった。明くる日は叡山の延暦寺まで登り、妻の病気平癒を祈願して、午後十時過ぎに帰宅した。駆け足の旅にしては気分は著しく好転していた。

朝食は二人の女が賑わしく整えてくれた。やはり女同士の気の置けない会話が弾んだのだろう、燈子の顔色は心なしか良くなっていて、表情も和らいでいるのに気づいた。由里が明日帰ると言うので、昼から村の周辺を案内しようと三人で散策に出かけた。

帰命寺《きみょうじ》の前から田園に出て大同川の堤道へ。そこは彼のすこぶるお気に入りの散歩道なのである。途中、欅の根方に石のベンチが設《しつら》えてあって一休み、彼は簗瀬という村落の歴史に触れた。中山道や脇街道の景清道《かげきよみち》はどこどこにあり、古代条里制の名残である小字のこと。応仁の乱の余波でこの愛知川付近が古戦場になったこと。城館ながら簗瀬城の落城秘話。戦国時代に下って、六角氏と信長との戦いで箕作城《みづくりじょう》下の激戦で多数の死者がでて、今も村の寺で供養の行事が続いていること。幕末の会津戦争では、城主簗瀬氏の子孫で若武者二人が飯盛山で自刃した史実など。帰りはわざわざ田圃の畦道を歩いてもらった。由里はこんな体験は初めて、歴史に詳しいですねと褒め、いかにも楽しそうだった。

昼過ぎにサンドイッチにサラダを作ってくれた。彼が書斎で、図書館で借りてきた一遍上人の参考資料を調べていると、テレビ部屋の方で何度も笑い声が湧いた。何をしているのかと覗きに行くと、二人の女は盛んにふざけていて、くすぐりあいやアカンベェとか、いないいないばぁなどの児戯をやりあっている最中だった。そのあられもない痴態に彼も思わず吹

き出してしまった。すると由里が、

――燈子ちゃんね、こんな時の仕草なんか超可愛い。ねぇ、ご主人もやりましょうよ。

と誘いかけられた彼は、ためらいつつも、照れくさそうに手振り身振りで加わると、彼女らは手を叩いて笑いころげた。

8

――ハグ、ハグしてぇ……。

朝の挨拶代わりのハグをせがみ、再び燈子は夫にまとわりつき甘えるようになり、霊病は遠ざかりつつあった。ただ、安定期に入ったとはいえ、いつ再発するやもしれず、安穏というわけにはいかない。彼女は読書から遠ざかり、詩作はもとより随想もまったく書かなくなっている。その代わり、独り言を呟くようになったのを見かねた彼は日記を書くよう勧めた。毎日毎朝、今日も発症しませんようにと祈るような気持ちを持て余した。持病の正体が明らかになったからには、抗鬱薬と阻害薬などの薬物療法と併行して、リハビリを進めねばならなかった。そもそも発病の原因はいったい何なのか、内因と外因があってそれこそ多元的なのは論を俟《ま》たないが、燈子の場合はどうなのか。パーソナリティの歪みとは考えにくい。

幼女の頃に何か強いストレスが続いたためだろうか。彼女自身の内向性、弱力性、過敏性はあるにせよ、その他の要因もあるのではと深掘りしたい気に駆られたりした。

深掘りと言えば、義博はいつぞや「大山崎山荘」で燈子に対し、鬱病も霊病にひっくるめて「文明病」だと指摘したことを思い起こした。咄嗟にそんな風に言いなしたのは、平素から或る想念に拘《こだわ》っていたからだ。それは直観による仮説にすぎないのだが……時代とともに飽くなき欲望のままに、便益を求めて機械化が進み、新たな文明が開けていく。それと共に、人はますます機械に依存するようになる。人は人に向かわず、より一層、機械に向かうようになる。人と人は次第に離れ、孤立していく。その結果、根は過敏なうえに、摩擦とか軋轢により培《つちか》われるはずの精神的免疫力、抵抗力が弱まっていき、諸々のストレスに弱い人間が出来ていく。こうして脆弱化した人間が発病し易く、そういう病人が増えていくのではないか……。また、現代に生きていくことの、そこはかとない淋しさは、人間本来あるべき処から乖離《かいり》していく、ここからも芽生えるのでは、と。

彼は苦し紛れに高槻の妹へ苦情を吐露したり、湖南の友人にも相談しては、図書館から治療本を取り寄せたりした。それから、障害者仲間やスタッフとの交流を通じてアウトリーチと呼ばれる治療法に頼ろうとした。作業療法士や相談支援専門員のサポートを受けるのである。やがて燈子は「ピア」とかいう交流グループに入り、ピアノの練習を再開し、手話教室にも通うようになった。

義博にしても度重なる心労が祟《たた》ってくるのではと危ぶまれたのだが、幸いにして頭重《ずおも》ぐらいで済んだ。特に眼とか耳など、確かに五感は衰えてきた。まだ自転車はこなせるとはいえ、八十代なら、いつどこでどうなるものやら、油断はできない。早晩、自分の方が先にお星様になるだろう。それを思えば、聡明な兄の敏夫か、あの明るく闊達な由里がいずれ妻と同居してくれたら、などと夢想した。

冷静に考えてみれば、……燈子という女は哀れであった。兄がふと漏らした「アンラッキー　アンハッピー」とはこのことを指しているに違いない。憐憫《れんびん》、同情に値するからして、それこそ慈愛と寛容をもって対応しなければと理屈で分かっているつもりでも、現実に直面すると、それもかなわぬ悩ましさ、哀《かな》しさがつきまとう……。

かつて彼は妻の父親に結婚宣言書を突きつけ、彼女を「治してみせる」などと明言した。言うなれば、高齢者と障害者の結婚ではないか。勇ましくも社会通念の打破であると同時に、自分自身の冒険であり、実験でもあった。ただ、その無理した部分によって代償を払わされている、ともいえる。或いは因果は巡り、かつての奔放不羈《ふき》の罰が今頃になって加えられたのか……。この霊病は先が見えないからして「治してみせる」とは言い過ぎだとしても、この世でただ一人、この女を救い、守らねばならない、と強く誓ったわけである。さればこそ、精一杯、私心を抑え、何とかしなければならない……。一遍は捨てる心さえ捨てよ、と極言し、妻子まで捨てたようだけれども、凡俗の身にして、まさか妻を捨てるわけにはいかない……。

「念々臨終なり」「身を観ずれば水のあわ」と唱えた一遍。一瞬生死、生と死は共に相接し、一瞬変転、物事は片時とて変化してやまない。相手に寄り添い、相手と溶け合う志を持たねば……融合して負を減じる方向へ向けなければ……いっそ宿痾《しゅくあ》の懐に飛び込んで病毒にまみれて死んでもよい……。

まるで妻は憑《つ》き物に取りつかれるみたいではないか。何かの拍子で、そいつがポロリと落ちるのではなかろうか。病魔はそんな柔なものではありえないと承知しつつも、それぐらいの希望を持っていなければ、日常生活は送れない。その点、あの友人の由里は救いの使者のような気がしてきた。一つのヒントを教えてくれたのではなかろうか……とりあえず脳を休めること、脳を楽しませること、笑わせること、魔物と戦うのではなく、笑いのめすことに……。

脳休めで、彼の思いついたのが、二階のベランダから夕陽を眺めることだった。それは同時に「魂鎮《たましず》め」なのだ。時間のタイミングを計り、彼は缶ビールを片手に燈子をベランダに誘った。前方に繖山《きぬがさやま》の山並みが左右に広がる。今しも陽は山の端《は》に沈もうとしていた。

――あれ、ごらんよ。あの落日、素晴らしいだろ！

燈子は指差して「わあぁ！」と叫び、両手一杯に広げて見せた。どこか子供じみた動作だと感じながらも、彼はとにかく嬉しかった。

――トウたん、あの太陽が隠れるあたりにね、岩屋があって、その奥に石の観音さんが祀《まつ》ってあるんだ。北向観音《きたむきかんのん》と言ってね、可愛い石仏さんがあるよ……。

――私、あそこへ行きたいな。観音さんにお祈りするの、この病がよくなりますように、って。

――よし、行こうか、もっと涼しくなったらね。

彼は夕陽の光芒を見つめながら、缶ビールを一気に呷《あお》った。

夏の猛暑に見舞われれば、二人は水風呂に入ってふざけ散らした。或いは由里のやったように、くすぐりあいやにらめっこ、果ては燈子を背中に乗せて這いずり回る児戯を繰り返し、笑いあうのだった。

……本来、家族とは動物的なものに違いない。肉体同士触れ合い、温《あたた》め合い、それこそ獣のように舐《な》め合い、それがむしろ自然なことなのだ……と。

九月に入り「魂鎮め」という語彙《ごい》がしきりに義博の脳裏に浮かんだ。好天の日を選び、約束していた北向観音に夫婦でお参りしようと、弁当を包んで朝早く家を出た。佐生城《さそうじょう》経由で辿る山城コースをとり、高さ二百五十メートルほどの山に登った。岩窟の小暗い奥に石造りの十一面観世音菩薩が祀られている。二人は線香をあげ、鉦を叩いて、夫婦の平安を、病気の平癒を祈り上げた。そこから猪子山《いのこやま》を越えると見晴らしの良い所に出てくる、木組みのベンチに腰掛けて琵琶湖の眺望を堪能した。対岸にうっすらと比良《ひら》連峰が見える。お握りにインスタント味噌汁を添え、バナナを食べながら、

——お山はいいね！　お山に来ると、いつもホッとするもん。ヨッたん、ありがと。ここからの夕日、どんなんだろうな……。

——ほんと、そうだね。もっと早く来ればよかったな。お山は六根清浄だよ。

——いろいろご迷惑かけて……ごめんなさい。

——いや、これから何が始まるか分からんけどね。

この病魔との戦いはまだまだ続くだろうと覚悟しながら、彼は湖に向かって掌を合わせ、ひたすら鎮撫和合《ちんぶわごう》を、と念じていた。

その日は中秋の名月だとテレビで知った義博は宵の口から廊下の籐椅子で庭木を眺め、それとなく空の様子を気にしていた。スタンドを点けるでもなくぼんやりしていると、燈子が近づいてきて、

――お月さん、見に行かない?

今まで彼女は月見など一度も口にしたことがない。新聞もテレビもあまり見ようとしない彼女がどうしてこのことを知っているのか不思議な気もした。これは明らかに回復の兆しに違いないと喜んで同意した。

彼はスタンドの傍に置いてあったハーモニカを摑み、彼女の背を押して外に出た。帰命《きみよう》寺《じ》の門前を田園に出、運動公園のベンチに腰かけた。頭上に満月は煌々と照り輝いていた。しばし月面を眺めて、こんな風にしみじみと嘆賞したのは何年ぶりだろうかと思った。と、いつぞや母と早世した姉と縁台でこんな月を仰いだことがあると思い起こし、手にしていたクロマチックハーモニカを吹き始めた。ロシア民謡の「ともしび」、そして「バイカル湖のほとり」「荒城の月」……。

再び名月を見上げている内、彼はにわかにハーモニカを思いきり吸って吹いた、これまでの鬱屈を消し去りたい念に駆られ、即興の乱拍子で大きく身を揺すらせながら……。すると、これに呼応するかのように、燈子もやおら立ち上がるや、笑いながら激しく踊りだした。どこかの盆踊りに似ていなくもなかった。彼は内心「南無阿弥陀仏……」と何度も唱えつつ、一層力を込めて吹きまくった。月下に踊り狂う燈子はさながら巫女《みこ》のようであった。

真夜中にパソコンを開き、義博は戯曲「踊れ　一遍」の下書き通り一字一句、打ち込み始めた、まだ点けていない電機炬燵《ごたつ》に脚を入れ、天板の左手に置いた創作ノートを確認しながら。「登場人物……一遍。妻の超一。娘の超二。聖戒。下人の念仏房　手伝い女　近所の人……第一幕　第一場　伊予国松山。一遍邸の門前。第二幕　鎌倉。第三幕　淡路国二宮神社か終焉の地、摂津国真光寺……」。ノートの余白になぜか「渇仰」とだけある。

　と、隣室の寝間で小さく咳き込む音がした。公園で踊ったせいで、興奮して寝付けないのだろうか、妻が眠らなければこちらは落ち着けないし、創作ははかどらない。自分が心底、落ち着けるのは、妻が眠ってからだとつくづく思う。澄み切った頭脳にならなければ新作は生み出せないと、彼はパソコン操作の手を止めた。

　寝間に入り、臥した妻の横に肩肘突き、母親が我が子をあやす際にするように、左手でとんとんと上布団に触れた。もしかして睡眠不足が病の引き金になっているのでは……と、彼女の寝付けない時にいつもする彼の流儀である。しばらくして彼女のか細い声が返ってきた。

――……ダ・イ・ス・キ……。

――ダ・イ・チュ・キ……。

　幼児語で応えた彼はそっと彼女の額から頬に右手を当てた。尚も左手で布団を衝《つ》きながら口ずさんだ。

　♪ねんねこしゃっしゃりまぁせ

ねたこのかわいさ

…………

ねんころろん　ねんころろん

……

ほの白い寝顔に向かって、彼は声もなく語りかけていた……お前の苦しみを苦しみ、お前の悲しみを悲しみ、共に心交《ま》じりあってこそ浄《きよ》められると信じている。私にできることはこれ止《ど》まりなのだ。勘弁してくれよなぁ……。

妻の額にかかる解《ほつ》れ毛の下に涙の跡と見えたのは彼の錯覚だった。知らずに染み出た自らの涙が付着していたのだ。自分も病んでいるのかもしれないとの想いが過《よぎ》った。そいつを振り払い、子守唄をハミングに変えていた。いつの間にか、かすかに寝息が漏《も》れだした。裏手の草地から蟋蟀《こおろぎ》の鳴き声がひときわ冴えてきた。

繖《きぬがさ》物語

1

毎日でも夕陽は見たいし、心惹かれる人には会いたい。たまには懈怠《けたい》や強欲を叱ってほしいし、何かの音でもって裡なる塵を払いたくなる。そんな刻《とき》を待っているのだが、あれもこれも浄《きよ》めの儀式なのだ。

京都から湖東の五個荘に移り住んで、正月は伊賀の大神楽が回ってくる。彼岸は商家に伝わる雛人形巡り、近所の小幡《おばた》祭り、五月は伊庭の坂下《さかおろ》し奇祭があり、春の五箇祭り、秋になれば蒲生野万葉祭りなどの行事が楽しみである。中でも秋分の日には、恒例の「ぶらっと五個荘まちあるきの祭り」で演じられる「てんびん太鼓」は格別のものだ。簗瀬《やなぜ》の自宅から自転車に乗り景清道《かげきよみち》をまっすぐ西へ向かい、古代条里制の敷かれたという、広やかな水田地帯を過《よぎ》り、右手に繖山《きぬがさやま》を眺めながら大城神社《おおしろじんじゃ》へと急いだ。その大石垣の際《きわ》に自転車を留め置くためである。

大城神社から金堂に至る通りには俄《にわ》か露店が並んでいて、私は馬場の広場へ入っていった。床几に腰かけ待つうちに、赤い鉢巻きをした十名ほどの和太鼓集団「郷音《きょうおん》」の演奏が始まった。いつ聴いても肚の底まで沁みとおる太鼓の音は快かった。しばし体の芯に淀んでいるものをうち払い、心熱を掻き立ててくれる響きに身を委《ゆだ》ねた。

その後は、広場に接する安福寺《あんぷくじ》の小堂にお参りすることにしていた。怖いもの見たさで地獄絵を観るためである。地元出身の外村繁は「澪標《みおつくし》」の中で、主人公の少年がその絵に戦慄を覚えたと記している。安福寺は天台宗の末寺で無住、金堂町老人会が管理しているとか、本尊は木造阿弥陀如来坐像で、慈覚大師の作と伝えられている。大昔、集落の中央に金堂が建てられ、それと縁ある寺ではないかという。

三間四間の小堂で、壁面に十幅ばかりの画軸《がじく》が掛けられている。堂内は薄暗く、身を屈めて眼を凝らせば、閻魔に裁かれ、鬼神や刑吏に串刺しにされた半裸の男女、奈落の底へ真っ逆さまに突き落とされていく人、大釜に煮られる人、大鉈《おおなた》で切り刻まれる人、針の山で泣き叫んでいる人、腹の膨れた餓死寸前の人々など酸鼻《さんび》の極み、阿鼻叫喚さながらに地獄世界が描かれている。

本尊の傍らには御詠歌として、

……罪深き　身をやすやすと　安福寺

佛の慈悲に　導かれつつ……

とある。私はもう一度「罪深き」と読み返し、思わず本尊に掌《て》を合わせていた。若死にした妻の顔が浮かんだからである。

その時、低い呻き声がして、一人の女が地獄絵の前で倒れた。慌てて擦《す》り寄り、

——どうしました、大丈夫ですか？

と声をかけると、

——ありがとうございます。大丈夫です。ちょっと休めば……。

すぐさま係の老人が座布団を持ってきて頭部に当てがい、顔を覗き込み、

——救急車呼びましょか？

——いえ、いいんです、ほんとに……。

私は咄嗟にデイパックからペットボトルを取り出し、女に手渡した。たちまち二、三人が女を取り囲み、パンフレットで煽《あお》ぎだした。

女は水を含んでから、しばらくすると座りなおし、何度も頭を下げた。蒼白い細面にほつれ毛が目立ち、やや気落ちした様子で、地獄絵に接して気分を悪くしたのだろうか。

やがて女は本尊に向かって深々とお辞儀をして何やら唱え始めたので、どうやら大したこともなさそうだった。それから、こちらを振り向いた顔にどこか見覚えがあった。自室の本箱に立てかけてある白黒写真、あの中宮寺の如意輪観音像に似ているのだ。ほっそりとして麗しくも伏し目がちに瞑想する仏に。

にわかに喉の渇きを覚え、広場に出て露店でラムネを買った。床几で一気飲みし、女が出

てくるのを待った。ややあって女は陽《ひ》の中に手をかざして現れ、見物客の間をゆっくりと歩み、雑踏に紛れてしまった。昼過ぎに行われる、名物の時代絵巻行列を見物する気も失《う》せていた。

2

私こと織部耕次《こうじ》は幼くして母と死別し、口減らしにか遠縁に当たる雑貨屋の養子に出され、湖東八日市で育った。織部家の先祖は日野商人で薬売りだったと聞いている。実家辻田家の方は中山道沿いの小幡商人で、遥か北海道で廻船業を営み、近くは八風《はっぷう》街道や御代参《ごだいさん》街道を往還、「千両天秤」と唱えながら手広く織物雑貨の諸国産物廻しで繁盛した。が、明治期に入るや、お家騒動が勃発して没落していった。紛れもなく私は湖人《こじん》で、商人の血を引いているわけだが、長兄の吟一《ぎんいち》が辻田家の大屋敷を守り継ぎ、銀行マンになった。次男坊の私はとにかく本好きで、京都の私立大学文学部を出て出版社を目指したが失敗、やむなく草津の不動産会社に就職するも営業中に交通事故に遭い重傷を負った。これという後遺症も見られず、厄災を契機に退職した。

学友の伴田が民藝雑誌「山彦」のルポライターをしていて、取材先になったとか、京都東山の竹工房「工藤」を紹介してくれた。手先の器用さを恃《たの》んで火晒《ひざら》し、天日干しから始める修業に励んだ。六年後に親方の世話により朋子と結婚、伏見で所帯を持った。ところが、他の快楽をとばかり、素人玄人見境なく女色にうつつを抜かし、たちまち非行が発覚、挙句に朋子は狂乱して、病み衰え早世してしまった。工藤の親方に世間知らずの空《うつ》け者とこっぴどく難詰され、実兄からも説教されたのは言うまでもない。なんとか再起を図ろうと、吟一に相談をもちかけたところ、五個荘簗瀬に築百年余りの空家を見つけてくれて独り住み、竹製品の下請け仕事に就《つ》いたのだった。簗瀬は江戸の昔、箕《み》を特産品にしていたし、材料は間近い愛知川沿いの淡竹林でふんだんに採《と》れるので、この地を選ぶ引き金となった。

自作の竹籠その他の製品を京都の「工藤」と近江八幡の竹店「たけや」に卸した。輪禍がトラウマとなって車の運転は諦め、自転車で日常の用を足しているが、製品の運搬は専ら竹店の車に頼り切っている。実家近くで独り暮らし、離れ家を仕事場に充《あ》て、慎ましくさほど不自由のない暮らしとはいえ、胸の底にはぽっかり開いた空洞を覚えた。なんとなく物足りぬ飢餓感というか、そんなもやもやした気持ちを抱えたまま歳月は虚しく流れた。

かつて私欲色欲に溺れた後悔、子宝に恵まれぬまま妻に先立たれた心傷《トラウマ》が折々に胸を咬《か》んだ。気晴らしに散歩を日課にして、帰途は八号線沿いにある「マクドナルド」でカフェオレを飲んだり、村の農園で野菜作りに勤《いそ》しんだりする。真夏なら愛知川へ水浴びに、北日吉町の北、日吉神社の先にある正瑞寺《しょうずいじ》の滝を見に、或いは仕事柄肩凝りに悩まされるので、能登川の温水プールに行くこともある。上がれば二階の休憩室で文庫本を繙《ひもと》くのも楽しみの一つ。それでも、恨みつらみを抱えたままであったにちがいない妻を死なせたという古傷が時には疼《うず》きだし、飲酒に低山歩きに逃れたりしているうちに、何かしら「待つ」という新たな感情が芽生えてきた。

「待つ」といっても人なのか事なのか、そのどちらとも言えなかった。心奥のしこりをいつまでも引きずっているのを一掃したいがために、新たな刺激を欲するようになったのか、我儘だったという罪悪感を少しでも軽減しようとしたのか、それすら見定めがたいのだった。

そんな折、ふとあの安福寺で出会った女のことが思い浮かんだのである。地獄絵の前で頽《くずお》れた女、あの女の像がなぜか甘露のように滴り落ちてきた。客間にある如意輪観音の写真を見るにつけ、また散歩途上で野の花を眼にする度に、女の顔容《かんばせ》と重なり息苦しくなった。

3

初詣は産土《うぶすな》の小幡神社か八日市の野々宮神社で、正月とお盆はたいてい兄吟一の実家へ挨拶も兼ねて訪ねることにしていた。兄はミニ盆栽に凝っていて、白梅を鑑賞させてほしいとか口実にするのだが、芳江《よしえ》夫人が料理上手なので、昔懐かしい近江の味を堪能したいという下心もあった。こちらの一人暮らしの侘しさに同情して、いつも郷土食を用意してくれるのである。無論こちらも手土産に、青物の竹籠とか菱四ツ目編みの花籠、竹フォークなど持参し、二人の子供にお年玉をはずんだ。その年の正月三《さん》が日は風邪気味で延期し、七草粥を当てにして行った。ピスタチオ色のハイネックセーター姿を見るなり、夫人に「気が若い」と冷やかされた。夫婦とも和服を着こなして膳に就いた。黄飯《おうはん》や泥亀汁《どろがめじる》は無く、地酒のアテに鮒ずしや丁子麩《ちょうじふ》の酢の物、海老豆、奈良漬け、モロコの佃煮などが出されたが、いずれも私の好物なのだ。

兄は神経質な反面、鷹揚《おうよう》なところがあって、家も近いことから、ついこちらも甘えてしまうのだが、酔った勢いで愚痴をこぼすことが多い。

——食べる時、寝る時なんか、なんとのぅ淋しゅうなってなぁ。

——ほうやろ、そろそろ年貢の納め時やで。

——えっ、年貢てか？

——ほうよ、嫁さんの事や。再婚する気はないんか？

——ううん、そいつはまだ……。

——わしの知り合いでな、心当たりがあるんや。看護師さん……。

——有難い話やけど、お見合いは凝《こ》りてるさかい……。

などと照れ笑いでごまかしたものの、昔の傷が邪魔しておいそれと縁談には飛びつけない。

正直なところ今一度、賭けてみたい気はなくもなかった。

——耕さん、ほんなら、ええひと、早よ見つけてこんかいな。

芳江夫人が笑いを堪《こら》えながら熱燗の銚子を傾けてきた。

——ああ、いっぺん、お多賀さんか太郎坊さんに願掛けてきます、フフッ。

と、躱《かわ》して盃を干した。

厳冬となれば、ひとしお人恋しさの念は募る。尺余りの積雪は二度あった。冬籠りでストーブを抱え、仕事ばかりに精を出すのも鬱陶しく、カラオケ喫茶「パンダ」へ村の宗やんと徳さんを誘って演歌に興じたり、「たけや」の仙石氏に声をかけ、永源寺の「八風の湯」でもてなすことがある。また、独り身の気安さから、学友の伴田と諸岡を自宅に招き囲炉裏を囲んだりする。大寒の過ぎたころ二人を呼んだ。炉語りに伴田が前年、取材のためイタリアのシチリア島一周の旅に出かけ、古代神殿と要塞を探訪した話に聞き入った。諸岡は鍋ものの雪被《ゆきかぶ》り白菜が美味い美味いと言い募りながら酔っ払い、今も歌謡教室の講師を続けていて、生徒の一人に惚れたらしく惚気《のろけ》話を聞かされた。三人寄れば最後には、学生時代に北海道旅行で失敗したエピソードの数々や艶談で大笑いになるのだった。
いつぞや物の本で「人生の妙味は道草、回り道にあり」と読んだ記憶がある。日頃の散歩は帰命寺と蔵屋敷の間を通り抜け農道に出る。田園地帯に入り、北へ向かい大同川沿いに淡竹林が続く。簗瀬城址の傍らを進んで、正面に臥せる女体と見紛う和田山が近づいてくる。立ち止まって野花を探し、野鳥を追う。左へ視線を巡らせば、佐生城址、北向観音、明神岳、地獄越え、標高四百メートル余りの繖山、観音正寺、巨大山城として名高い、俗に佐々木城址、中山道を挟んで箕作山と、何度か訪れた見所を深呼吸と共に一望する。西の方、霞んで見える集落が近江商人屋敷群のある金堂町だ。重要伝統的建造物群保存地区である。金堂廃寺があったともいわれ、大和郡山藩の陣屋を中心にして三方向へ弘誓《ぐぜい》寺、浄栄寺、安福寺が位置している。

早や彼岸も過ぎた。転居して初めて庭に鶯の鳴声を耳にした。これぞ何かの瑞兆か、そのうち南高梅や枇杷《びわ》、杏《あんず》の実づきが良いかもしれぬと喜んだ。私はいつのまにかあの女の面影に誘われて、金堂の町をさまよいだしていた。自宅から自転車で、十五分ほどかかる。以前に外村繁邸、外村宇兵衛邸、中江準五郎邸ほかの商人屋敷は訪ねたことがある。その日は、詩的文体に魅せられ、卒論のテーマにした梶井基次郎、彼と同人雑誌「青空」の仲間だった外村繁邸にある文学記念館に立ち寄るつもりだった。弘誓寺の階《きざはし》で一休みすると何となくほっこりする。この寺は比叡山延暦寺に次ぐ大屋根を頂き、かの那須与一と関わりがあるとか。寺の掘割りになった天保川で泳ぐ真鯉緋鯉に眼を細め、外村邸に向かう途中で「喫茶・骨董」と記した看板に気づいた。骨董に惹かれて小店に入ってみた。

薄暗い奥に人影が動いて「いらっしゃい」と女声がした。茶色の作務衣姿の店員を見てハッとした。相手も気づいたらしく、

――あっ、あの折の……。

こちらが頷くと、彼女は丁寧に礼を述べた。私は喜色を押し隠してブレンドコーヒーを注文し、右手奥座敷に無造作に置かれた骨董品を一通り見て回り、黒楽茶碗を買おうとテーブルに戻った。

――この店で骨董をやっているとは気がつかなかったよ。

――「文挙《ぶんきょ》の会」というのがありましてね、そこからの委託なんです。

野村文挙といえば地元にも縁深い日本画家、彼の名を冠した、趣味人の集まりが云々と説明してくれた。女の顔色も好くなっていて、あの祭りの日はお軸も怖かったけれど、軽い脱水症状に見舞われたのかもしれないと苦笑するのだった。私の方はいささか興奮気味に文学音楽絵画好きで、古民具に興味があるとか、毎年、あの和太鼓が聴きたくなり、地獄絵が見

たくなるとか、問わず語りをしてしまった。これも何かの御縁とばかり名乗り合い、彼女は瑠奈《るな》と言った。薄化粧にどこか能面のような面差しで、言葉遣いは標準語に近く、都会経験があるのではと思わせた。こちらも近江弁ではなく、なるべく丁寧語で対応した。

その後も週に一度は小店に通い、花台や燭台を購入しては瑠奈と雑談に及んだ。客はめったに来ないとはいえ、そこではゆっくりできかねるので、彼女の休みの日に川並町の「八年庵」でお茶でもと誘いかけると、丁度花見時、車で桜公園へ案内するからと気遣ってくれた。

当日、二人は大城神社前で待ち合わせ、彼女の軽自動車で好天の桜見物と相成った。衣裳はと見ると、上下共にパープル系で揃え、テンセル混に向日葵《ひまわり》柄《がら》の刺繍《ししゅう》を施したジャケットと花柄のラッセルレーススカート。纖公園北側からだらだら坂を曲がり登り、纖山の三合目辺りだろうか、山坂の公園となっている。満開桜の下で見る彼女は優艶そのもの、花影が頬に首筋に揺らめき、微風に薄紫の衣は透けていて、そっとほつれ毛に触れる姿態はこの世のものとは思えなかった。

「八年庵」は元近江商人の古民家を改装し、小ぶりな庭も見える瀟洒《しょうしゃ》な喫茶店、他に客はおらず、二人は初めて相対《あいたい》した。私はとりあえず自己紹介をと、真正直に竹細工職人で、妻を病気で亡くしたのだと打ち明けた。更に、晴天に別嬪さんと花見見物とは又とありえない果報者だと苦笑し、歓喜のほど抑え難く、つい住まいはどことまで問いかけた。

――悪いですけど、住所など明かしたくありません。

――それは、又どうして？

――これには深い訳があるのです。

――深い訳？　ぜひ聞かせてほしいですね。

彼女は言い淀んで、視線を庭樹の方へ向けたまま、

――本当は打ち明けたくないのですが、それほど知りたいとおっしゃるのなら……。

濃紺のコーヒー茶碗を持ち上げた手の小指が反《そ》った。

――私は……私は罪作りな女なのです。

――えっ、罪作り？　と言いますと……。

――そうです、男性を悲しませてきたからなんです。修羅場《しゅらば》をくぐってきたのです。

――……。

――或る方は私を真剣に愛してくれました。でも、どうしても受け入れられなかったのです。愛されたからといって、その方を愛さねばならぬ道理なんてありませんよね、そうでしょ？

彼女の眼の奥に何かを警戒するような色があった。愛などという言葉に馴染みがなく、即答できずにいると、

――このことは分かっていただきたいのです。

――それは……。

彼女は用心深くこちらの気勢を抑えようとしていると感づいた。それ以上、何も言えなくなった。

その日、気の張らない贈り物をと、自作の竹笛を持ってきていたので手渡した。

――織部さんの作品ですね。大切に吹かせていただきます。実は私、中学生の頃、琵琶湖の葦笛をやったことあるんですよ。これ、吹けるように練習します。

――ああ、そいつは丁度よかった。可愛がってほしいですね。

コーヒーを飲み干してから庭の佇まいに眼を遣り、まだ先程の台詞《せりふ》に屈託していた。

――その……罪作りというのが気になりますねぇ。

――それは……詳しいことは申し上げられません。……例えば、飛んで火にいる夏の虫、といいますよね。それぐらいで勘弁してください。

飛んで火に、とは……すぐさま速水御舟《はやみぎょしゅう》の名画が想い浮かんだ。……闇の中で炎に舞い狂う蛾や蝶の群れ……あの紅蓮の焔《ほのお》は尋常ではない、狂おしく凄みがある。火とは何、虫とは……。私は黙って彼女の澄みきった瞳を見返すだけだった。しばしの対話の間、彼女は家族とか係累のことは何も話さなかった。ただ、店を出る間際に、自家のルーツは百済人《くだらびと》だと伝えられているとだけ漏らした。そういえば、どこか日本人とは異なる面立ちのような気がしないでもなかった。いずれにしても謎めいたままだが、私はますます彼女に惹かれ、かつ怖《おそ》れた。

4

何かを待つ気持ちといっても、独居とか孤独にかかわることとは分かりきっている。幾度も迷いつつ、五月の連休日には瑠奈を誘って北向観音まで登るつもりだったのに果たせなかった。彼女は山歩きが好きで、東京での大学時代はワンダーフォーゲル部に属し、今もよく繖《きぬがさやま》山に登るのだと語っていたからだ。もしそこは何度も行ったからと断られたなら、八日市駅の近くで松尾神社境内にある穴場、桃山時代に造られたという蓬莱様式の庭園は珍しかろう、と目論《もくろ》んでいた。ところが、近江八幡の「たけや」を介して、某夫人から御指名で特製の竹籠、大津の小学校からは竹とんぼの注文が舞い込み、休日返上となってしまったのである。

先年亡くなった義父の言葉を想い起こした。晩酌に酩酊した折など「風鈴も動いてこそ鐘が鳴る」と諭《さと》したものだった。これは鐘と金を掛けて、商人の間で言われる教訓の類だそうだが、つまりは知恵を働かせ、小さな行動でも起こさねば得るところはない、何事も前に進まない、ということだろう。それとか、しばしば聞かされた家訓は「積善の家に余慶あり」だった。その他、神仏様、先祖様、世間様の三つを大切にしなければ、家運はいずれ傾いていく、心と心の触れ合いこそ、と教えられた。ならば、明治の初め頃、実家の近江商人辻田家も織部家にも、いずれかの欠《けつ》が生じたことになる。

我が事に照らして、積んだ善など覚え無く、色恋の道に背を向けていたにもかかわらず、瑠奈に出会ってから、行こか戻ろか浮き立つ心とは何事かと我ながら呆れてしまう。かと言って、相手は訳ありと思しく、何やら隠している風なのだ。あれほど楚々たる魅力を湛えている女人なら誰が放っておくものか。さぞや少なからぬ殿方を惑わせ、悲しませたであろうことは容易に想像がつく。彼女は正直に罪作りな女だと打ち明けたではないか。男女にまつわる、どろどろした厄介ごとに巻き込まれたに違いない。彼女は率直に「飛んで火にいる夏の虫」と喩えた。さては悪女なのか、いやむしろ逆の被害者なのではないのか。危うきに近づかぬが無難と弁《わきま》えているつもりでも、早々に諦めるわけにはいかなかった。

次に思いついたのは近くの螢見に誘うことだった。ついでに仕事場も見てもらいたいと思ったのだ。六月に入り、携帯電話をかけてみると、螢は久しぶりだからと快諾してくれた。十日の夜八時、小幡神社のお旅所で待ち合わせる約束にして、その日がくるのを待ちわびた。彼女は愛車からふわりと現れ、竹笛を手に七分袖のバラ柄レースチュニックと黒のパンツ姿だった。私は懐中電灯を携え、いささかのぼせたような気分で、彼女を帰命寺の裏手を流れる小川へ案内した。そこでは平家螢は数匹しか見られなかったので、更に運動公園先の小橋まで移動してみると、螢は藪陰に乱舞していた。

瑠奈は橋の手すりに倚《よ》るなり「凄い」とか「すばらしい」とか歎声を発した。暗闇に螢火のゆるやかな軌跡を竹笛で指しては「ほれ、あそこ」「ほら、あっちへ」などと上ずった声をあげるのだった。しばしあって、彼女は「拙いものですけど」と前置きして、笛を吹き始め、こちらも低く口ずさんだ。

♪ホー　ホー　ほおたる　こい
あっちのみずは　かあらいぞ
こっちのみずは　ああまいぞ
ホー　ホー　ほおたる　こい……

彼女は竹笛を貰ってから熱心に練習したのだと言う。私はもう一度笛の音に合わせ、軽く手拍子をとった。懐中電灯の光を向けると、彼女の眼は不意に翳《かげ》りを帯び、はかなくも消えがての情念の如き、その遠火《とおび》を見ているかのようだった。

螢見を終えると、自宅はすぐそこだからと寄ってもらった。離れの仕事場に招き入れたものの、竹材のほか工具やら小道具類で足の踏み場もない有様だった。竹挽き鋸、竹割り包丁、ペンチに鋏、鉈にノギス、千枚通しなどが乱雑に散らばっている。三段の棚には完成品も置いてあって、彼女は目ざとく網代編みの竹バッグを見つけ、頒《わ》けてほしいとせがむので、竹スプーンをおまけに付けてあげた。

客間に移り、黒楽茶碗に抹茶を点《た》てた。

——織部さん、お独りで寂しくありません？

——寂しくないといえば嘘になりますねぇ。ところで、瑠奈さんの方はお独りなのかな……。

——いえ、従妹《いとこ》と二人暮らしです。

彼女は茶碗の底を覗くような仕草をした。やっと素性を語り始めたかと勢いづいて、以前はどこで働いていたのかと尋ねてみた。

——私はね、東京の化粧品会社で働いていたのです。

今まで和服関係でモデルでもと推測していたのだが、なるほどとも思えた。

——金堂のお店もいつどうなることやら……。

と呟いた。客入りが乏しいので、さぞやと思いやられた。

——織部さんの御先祖は近江商人だとおっしゃいましたよね、うちもそうなんですよ。麻や木綿の……すっかり落ちぶれてしまって……。

——そこもよく似ているな。さしずめ黄昏《たそがれ》の家筋……。

——あの……でも……近江商人は琵琶湖の鮎に喩えられますでしょ。

——ああ、この小鮎は大きくなりそうもないよ。

二人は苦笑し合った。

——それにしても、織部さんの竹細工、素適ですね。

——元々、手仕事ちゅうか、細工物が好きだったもんで、こんな商売にはまってしまってね。あんまり儲かりませんけど。

——お器用なんですね。

——竹が好きですから。しなやかで、軽やかで、粘り強いでしょ。そういえば、死んだ親父によく言われましたよ、竹のように真っ直ぐ、しなやかに生きろっ、てね。ところが、この息子なんかあかんたれで……。

竹と口にした瞬間、目の前にいる女人は竹の中から生まれてきたのではないかと、改めてその容姿に見入ってしまった。

——奥様はご病気で亡くされたとか、お優しい方だったんでしょう、せいぜい御供養なさいませね。

彼女は竹バッグに竹笛を納めて俯《うつむ》き、何も言わなくなった。

5

近江八幡の「たけや」の主、仙石氏が訪ねてきて、顧客発掘のため、例えばからくり竹細工、鶯笛、二段弁当箱など作るようにと発破《はっぱ》をかけて立ち去った。私は自作のマグカップに牛乳入り紅茶を飲みながら、廊下の籐椅子に座り、手指の傷跡を見て、あれこれ思い巡らせるのであった。新規の依頼があるのはありがたいとせねばならぬが、後継者もなく、細工の技が途切れてしまうこと、兄の勧める再婚もしなければ我が子も授からず、このままの生き方でいいのかどうか、という宿題がある。

それにつけても、瑠奈のことで迷ってしまうのだった。彼女は何かためらい、こちらの出方を抑えようとする気配がしたからだ。第一、住所さえ教えてくれないではないか。背後に男が潜んでいるかもしれない。進むべきか、退くべきか。悪女ではなく謎めいた妖女というべきなのか。湖東平野のどこか古風な屋敷でひっそりと従妹と暮らしているのだろうが、なぜ二人だけなのかも不明なままだ。

あれこれ独り案じていても始まらないので、金堂の小店に行ってみた。驚いたことに「諸般の事情により閉店した」旨の貼り紙がしてあった。そういえば、観光客もいまひとつとかで、店主から暗示されたのだと漏らしていたことを思い出した。その帰り、なんとか鬱屈した気を紛らせようと、金堂の路地を自転車で走り抜け、勝徳寺長屋門の前から石馬寺《いしばじ》近くの村までペダルをこぎ続けた。

どうすべきか悶々としていたところ、七月初めの朝刊に、「愛知川花火大会」のチラシが入ったのである。自宅より程遠からぬ御幸橋の袂にある祇園神社が催す年中行事で、これも楽しみ事だった。開催日は七月最終土曜日とある。私はすぐさま瑠奈に電話をかけた。すると、案の定、店は馘《くび》になったと打ち明け、これから彦根方面で仕事を探すつもりだとか、間近で見られる花火なんて願ってもないことだと応じた。約束日の夕刻、この前と同じ小幡神社のお旅所、楠の大木前で彼女の車を待った。辺りが薄闇迫るころ、車から団扇に芒《すすき》模様の浴衣姿で現われた。

二人は大同川堤の桜並木が途切れた所にビニールシートを敷いた。辺りに人影はまったくなく、真正面に花火が打ち上がるのだから正《まさ》に特等席といえた。手前に瑠奈を座らせて缶ジュースを渡し、自分は胡坐《あぐら》をかいて枝豆に缶ビールを手にした。大小多彩な花火が次々と上がっては消え、発射音が重々しく夜陰を打った。その度に彼女は抑え気味の歓声をあげ、団扇で花火を煽ぐかに見せて、こちらに向けては戯れたりした。

打ち上がる花火に彼女の項《うなじ》が明滅する様を見詰めているうち、たまらず両手を胸の前に回して口を押し付け、唇を吸っていた。そのまま裾を押し開いて、やわやわした太股に舌を這わせた。「なりませぬ」との喘ぎ声は花火の音にかき消されてしまった。

帰る途中で、彼女は従妹が作ってくれた鮒ずしだと言って包み紙を手渡した。鮒ずしとくれば地酒の「一博《かずひろ》」だと殊のほか嬉しくなり、自宅に呼び入れた。私は一升瓶にコップ酒、彼女には赤楽茶碗に政所茶《まんどころちゃ》を淹れ、菓舗「冨久郁《ふくいく》」の最中《もなか》を添えた。唇の感触が浮かんで気恥ずかしくてならず、灯りを暗くしようと、古びた燭台に蠟燭を点した。炎の灯りで、彼女の微かに赤みの浮いた項《うなじ》から頰にかけて陰翳を濃くした。酒を続けざまに呷《あお》り、背後の仏像写真と見比べ、早くも微酔に見舞われてくるようだった。

――従妹が言ってましたけど、鮒ずしの発酵が進んでくるとね、重石がガタゴト揺すられるような音がするとか……。

――ほう、えらいもんですなぁ。

――私はね、織部さん……。

彼女はほつれ毛を掻き上げ、静かに語りだした。

――私は最近、繖山の回峰を始めたのよ。

――え、カイホウ？　というと……。

——あの比叡山の千日回峰の。この前、地獄越えの峠で、織山を巡るお坊さんに出会いましてね、織山回峰もあるんですって。

その時、ふっと笑みが翳《かす》めた。

——そいつは耳寄りな話じゃないか。二人の口ぶりはやや砕けたニュアンスを帯びてきた。

——そうね、女の足でとても千日などできませんもの。我流で「一日回峰」と名付けましてね、一日で回るコースを決め、何度も繰り返すんです。

——それにしても健脚だなぁ。例えばどんなコースにするのかな?

——ええと……能登川側からだと、佐野の善勝寺、琵琶湖の見晴らしが良くて、人気のある北向観音でしょ、雨宮龍神社、地獄越えを経て観音正寺、重文級の仏像が幾つかあって聖徳太子ゆかりの石馬寺《いしばじ》。それとも、この逆ね、石馬寺を起点にして回るコース。要所要所でお数珠《じゅず》を繰り、いただいた笛を吹くことにしていますの。

私はコップ酒を呷《あお》り、鮒ずしを突ついて、

——織山々脈の尾根は何度かに分けて踏破したことあるけど、どうしてそんな思い切ったことをやる気になったんか知りたいねぇ。

——それは……。

と、口ごもり、ちらりと仏像写真の方を振り向いてから、

――詳しいことは……つまり私、禊《みそぎ》をしたいんですの。

禊という一語を耳にした瞬間、先刻、私が花火で情欲に煽られた一事を窘《たしな》められたような気がした。

――今までいろいろなことがありました。身を滅ぼした方もいらっしゃいましたし、せめてもの償《つぐな》いと……分かってくださいね。

彼女はちょっと頭を下げ、蠟燭の炎を見詰めた。

――……お花見、螢見、花火見物……織部さんのお陰です。最近つくづく思うんですよ、月日は瞬く間に過ぎ去り、万物流転、万事夢幻とね……。

――夢幻か、ゆめまぼろし……その通りだなぁ。

思いもよらず四文字が二つもとびだしてきて怯《ひる》んだ。コップの残り酒を一気に飲み干すと、蠟燭の炎に次々と蛾が舞い落ちてくる映像が明滅するようだった。

――すみませんけど、ちょっと鋏と半紙を……。

いきなり乞われ慌てて立ち上がり、隣室の小机から探し出して彼女に渡した。お辞儀をした彼女は長めの髪を前に束ねるや、鋏で事もなげに断ち切った。髪の束を半紙にくるむと、こちらの眼を見据えて、卓上に押し出した。

6

竹細工の材料を採《と》りに、大同川支流沿いの淡竹林に入るのは仲秋から晩秋の頃である。風の強い日など、竹幹《ちっかん》同士のこすれ合う音、葉ずれの音に物の怪《け》の気配を感じたりするが、何といっても竹の葉叢から洩れる落日の陽光に見惚れてしまう。織山の山並みに沈む夕陽が竹林に逆光となる時、あの謎めいた瑠奈は竹の幹から生まれてきたのではないかという幻想にとらわれることがある。また山裾に虹がかかれば、橋を渡り初め、天空に天使の梯子が映れば、そのまま伝って消えていくのではと……。あの夜、瑠奈から授かった髪の房は仏壇に供え、鉦を叩くようになった。

織山は絹笠に似た山容を呈し、巨岩を磐座《いわくら》とする神体山である。もしかして、あの女は山神様のお使いで、この世に化身しているのかもしれない。花火の夜、たまらず女体を掻き抱き、柔らかく滑らかな太股に触れてしまったが、亡母の膝枕を思わずにはいられなかった。幼年時代、母から病院へと告げられた途端に泣き喚き、母の膝に取りすがった肌の感触はまるで絹肌のように忘れがたいものだった。早くに母を腸癌で亡くしたので、彼女に母を重ねているのかもしれないと初めて気づいた。実のところ、若い頃の女漁りは母恋いだったのではないか……更に思い惑うのだった。あの女は慈母のように映る、いや生き仏になろうとしているのではないかと……。

それにつけても花火の夜、彼女は繖山回峰云々と口にした。振り返れば、我が脛《すね》にも傷のある身、なろうことなら共に回峰とやらの修行をしてみたい。若き日は浅はかにも、いくら母恋いとはいえ、女を翻弄し、悪心覚めやらぬ日々だった。死ねば閻魔大王に首根っこをひねられて、地獄墜ちは必定《ひつじょう》ではないか……。今こそ観世音菩薩や野神田神《のがみたがみ》を伏し拝み、勧請《かんじょう》吊りをば潜り抜け、彼女を導き手として、心身共に浄めねばならぬ。これぞ絶好の機会ではないか。矢も楯もたまらず電話をかけたが、意外にも「現在使われておりません」のアナウンスが返ってくるばかり。一体どうしたのか、番号を変更したのか、やはり娑婆との縁を切ろうと廃棄してしまったのか……。

念のため金堂の小店を確かめに行くと、やはり戸は閉ざされたままだった。蔵屋敷群の間をあてどなく歩き回れば、白壁がいやに白々しく、舟板塀がささくれ立って見えた。川戸に佇んでは、物思いに耽るのだった。……瑠奈という女は本気で身を浄め、女仏になろうとしている。私も彼女に倚《よ》り縋ってでも浄めたいぐらいなのに。この奇縁を諦めたくない、いや諦めきれない。風鈴も動いてこそ鐘が鳴る道理、この上は実行動に出るほかないと判断した。なんとか住まいでも突き止めようと、その後も竜田を始め川並、山本、木流《きながせ》の町々へ、蔵屋敷通りをうろつき回った。

週に一度は、肩凝り対策として能登川プールへ行くことにしているが、浄《きよ》めの効用もある。その日も午後の部に出かけた。泳ぐとて水中歩行と平泳ぎ、横泳ぎだが、一通り水練をこなすと、着替えて二階の休憩室で文庫本を読むのも楽しみだ。誰もいない部屋で、梶井基次郎の未完の問題作「冬の日」を読み終えたが、今までさほど気にならなかった「のような・のように」の比喩表現が三十か所余りもあり妙に引っかかった。青年が虚無とか絶望、宿痾でもがき苦しみながら、錯覚とか幻覚をもってしてでも、何とか光明を見いだそうとする短篇である。私はまとわりつく暗愁を弱め、眼を休めたくなり、窓辺に寄ってプールを見下ろしてみた。水泳教室の生徒たちの華やいだ声がわんわんと反響する。と、手前のコースで背泳ぎする女に眼を止めた。ゆったりと心地よげに往復する女がこちらに微笑みかけているように見えてしかたがなかった。その温顔がいつのまにか瑠奈に似てくるのだった。向かいの窓から射しこむ陽光に濡れ光る裸身、私はしばらくその幻影に酔い痴れていた。

浄めの儀式といえば、二階のベランダから見る落日も欠かせない。当初は月見の場にするつもりだったのに、いつのまにやら落陽台《いりひだい》になってしまった。繖山に落ちかかる夕陽を見詰めながら「ああ、一日も無事に終えられた」と万神感謝の念と共に、「ああ、私は落日に溶けて消えていく」という消失感に捉われる。その直後、自分は浄められたと錯覚して得心するのである。天然自然、日月星辰に神仏宿る……常日頃、畏怖してやまない神仏は宇宙聖霊と称してしかるべきだろう。

太陽が山の端に沈み切る。夕映えに染まる雲の色彩と変容に感嘆し、鷺や鴉の鳥影を追い、やがて星々の煌めくのを待つ。その果てに、彼女の呟いた「万物流転、万事夢幻」の言葉がじんわりと胸奥に蘇ってくるのだった。

かくなる上は、自分も彼女の行《ぎょう》に倣《なろ》うて付き従い、一日回峰に挑もうと一念発起した。仕事の区切りがついたところで、まず馴染みの北向観音へ、瓜生川《うりゅうがわ》のほとりにある墓地から佐《さ》生城《そうじょう》を経るコースを辿った。どこかで彼女に出会えるかもしれないと期待しながら、その後あれこれとコースを案じて試みた、或る時は猪子山《いのこやま》公園から、別の日には日吉神社からと。

瑠奈は贖罪の行《ぎょう》だと明言した。一体、彼女は如何なる罪を背負ったというのか。あれほど気品ある麗人ならば男共の信奉者があって当然のこと、さぞや卍巴《まんじともえ》の相関図と乱れ紛糾したに違いない。恐らく彼女は被害者となり、故郷に帰還したのだろうと憶測した。例えば、殺傷、離別、失踪、自殺事件など愛欲の渦、執着の葛藤に巻き込まれた挙句、現地の関東から遠く湖国に舞い戻り、穢《けが》れ落としに踏み切ったのではなかろうか……。

片や我が身も、懺悔懺悔と山野の神仏に許しを乞わねばならない。納期に追われながら細工仕事の合間に、勇んで近場の山に向かった。とりあえずポイントとなる三か所に焦点を絞ってみた。北向観音と地獄越えと観音正寺と。北向岩屋十一面観音は岩窟の奥にあり、像高五十五センチばかりの石像ながら合掌した手に数珠を掛けている。平安の昔、坂上田村麻呂が東国平定の砌《みぎり》、岩屋に籠り祈願したとの伝承が遺《のこ》る。地獄越えは佐々木六角氏の観音寺騒動にまつわる悲劇の峠道。観音正寺は巨大山城の中にあって西国三十二番札所。軽装に厚底のスニーカーを履き、茶と菓子パンなどを携え、三か所で彼女を待ち構えていたけれども一向に出会えなかった。

身も心も疲れ果て、気散じにカラオケ仲間の宗やん、徳さんと「パンダ」へ繰り出しては「無錫《むしゃく》旅情」「兄弟船」「雪国」ほかを熱唱して浮かれた。観峰館で催されるコンサートでジャズバイオリンを聴いたり、自転車で五分とかからぬ藤井彦四郎邸に展示されている古民具類を見て回った。夜は御幸橋近くの居酒屋「魚菜《さかな》」へ飲みに行ってしたたかに酔い、帰り道に仰いだ下弦の月を齧《かじ》りたい気に駆られた。

紅葉の好季となって、例年なら吟一夫婦と永源寺とか教林坊、瓦屋禅寺へ観楓《かんぷう》にいくところを諦め、向かうべきコースを変えた。猪子山公園から上山天満天神社《うえやまてんまんてん》、続いて繖公園を経て地獄越え、或いは川並の村外れにある結《ゆい》神社から観音正寺へ登ってみた。それでも会えなかった。無論のこと、二人が出会える確率など微々たるもの……。

だが、よくよく考えてみれば、この行いとて煩悩の欠片《かけら》といえるのではないのか……。私は仏壇に供えた髪の房を頬に当て、彼女の声を探ろうとしたり、寝床に横たわってからも自問自答を繰り返すのだった。……たとえ彼女とどこかで出会ったとしても、同行を拒まれたらどうするのか。髪束は決別の印ではないのか。ならば、その時はその時、回峰は諦め、正瑞寺の滝にでも打たれるまでだ。しかる後に、琵琶湖の鮎を目指せばよいではないか。こんな経験は初めてで、惚れた、腫《は》れたを超えている。人は汚れては浄め、死ぬまでそいつを繰り返さねばならぬ……。

あれこれと思案すればするほど寝入りが悪くなるばかりで、おまけに迷い子夢が出てきた。長らく音信も途絶えた知人と共に川に滑り落ちて溺れかけ、早く帰宅しようと最寄駅へ急ぐも、迷いに迷い、どうしても辿り着けないのだった。それとか、旅の帰途、車中で隣り合わせになった釣りファンに「その日一日、燃え尽きること」などと責められ、他愛もなく口論となり、列車が燃え始めたりする……。

悪夢にあがいて目覚めてみれば午前五時過ぎ、ええい、ままよと仕事場に入った。気力を整えようと切り出し小刀を研ぎにかかる。と、閃いたのだ。いつであったか、瑠奈は確か「石馬寺《いしばじ》を起点にして」と口にしたはずだ。石馬寺は臨済系、ひょっとして彼女は、あの付近に住んでいて、その寺で座禅を組み、そこから回峰に出発しているのではないかと直観したのである。

翌朝早く、熱いコーヒーだけを飲み、自転車に飛び乗った。農道を突っ切り、五個荘小学校で右折し、石馬寺の集落に入り、参道の石段下までやってきた。聖徳太子伝説にちなむ石馬の池を覗いたり、その辺をうろつき、辛抱強く待ち伏せした。

六日目土曜日の朝のこと、繖山一帯に朝霧が立ち込めていた。いつものように石段に腰掛けて、人影に眼を凝らし、ペットボトルの茶を口にした。あたりがようやく明るくなり、半時間ほどして坂下の方からぼんやりと白装束姿が近づいてきた。ハッとして瑠奈だと分かり、右手を上げつつ駆け寄っていた。彼女はさすがに驚いた様子で、

——ああ、おはようございます。こんな所で……。

——しばらくでした。待ち構えていたんですよ。ずいぶん探し回りましたけど、やっとのこと……。

——……。

彼女は手甲脚絆に地下足袋、菅笠を被り、金剛杖の代わりに竹杖を手にしていた。

——やっぱり回峰行《かいほうぎょう》は続けているんですね。

——はい、きちんとこなさねばなりません。私の使命ですから。

——使命ですか……。

——そうです。来年は四国遍路に参ります。

——えっ、八十八ケ所巡りとは……。

——一生の行《ぎょう》なんです。同行二人《どうぎょうににん》、お連れは御大師様《おだいしさま》です！

竹杖が地面に鳴った。

——……。

——……私はこの世とあの世の境を行き来しているようなもの。何かとありがとうございました。……よろずのことはゆめまぼろし……。

彼女はそう呟いて頭を下げ、石段の方へ歩み去った。竹杖が石を打ちつける音が冴えた。ほの白い後ろ姿がゆっくりと観音坂を登り、霧に紛《まぎ》れていった。……ああ、麗しき尼僧か、永遠の聖女か、よろずのことはゆめまぼろし……と胸に呟いて、掌《て》を合わせるばかりだった。と、霧の中から笛の音が微《かす》かに尾を引いた。

余滴

我が人生を顧みるに、よくぞこの齢まで生きのび、細々ながらも小説を書き続けてきた、としみじみ思います。二十五歳の折りに交通事故に遭い、死にぞこないました。神のご加護か、一命をとりとめたからには何とか再生を計ろうと文学の道を歩んできたのです。

人性描きが故に危うい橋を渡りつつも、最上の生き甲斐だった創作に救われたと言えましょう。私は根っからの短篇型ですが、作家たる者は私小説も非私小説もどちらも書かねばならぬとの信念を貫きました。

かつて井上靖先生に某賞の推挙に与ったこと、評論家の松原新一、八橋一郎、小川和佑、清水信各氏から単行本の解説・論評を寄せていただいたことなど、まことにありがたい贈物だったとしなければなりません。

この第十九短篇集が最後の上梓になるかどうか断定できませんが、ともあれ文学愛好者に慎んで本書を捧げます。

令和六年秋

佐々木　国広

〈著者紹介〉

佐々木国広（ささき くにひろ）

1938年大阪市生まれ。大阪市立大学卒。滋賀県東近江市在住。

元毎日新聞社勤務。元大阪芸術大学講師。短篇小説『乳母車の記憶』で第10回北日本文学賞（井上靖選）、『バトンダンス』で第1回神戸エルマール文学賞受賞。『赤い月夜に』で第8回銀華文学賞佳作。

『文学界』に「猫の首」、『すばる』に「紫陽花」発表。同人誌『半獣神』『たまゆら』創刊。

短篇小説集『朱の季節』『愚庵記』『藪の女』『シクラの蜜』『蕪村伝』『バトンダンス』『抱卵期』『風の戯れ』『短話抄』ほか計18冊。句集に『桃源』『阿修羅』『恋螢』『玄黄』『青嵐』。

秘　婚

2024年11月8日初版第1刷発行
著　者　佐々木国広
発行者　百瀬精一
発行所　鳥影社 (choeisha.com)
〒160-0023 東京都新宿区西新宿3-5-12トーカン新宿7F
電話 03-5948-6470, FAX 0120-586-771
〒392-0012 長野県諏訪市四賀229-1（本社・編集室）
電話 0266-53-2903, FAX 0266-58-6771
印刷・製本　シナノ印刷

ISBN978-4-86782-122-0　C0093